Voyage au centre de l'Antiquité

Titre original : *Antiek Toerisme, roman uit Oud-Egypte* (volume 30 des Œuvres Complètes), Utrecht/Anvers, 1987.

Illustration de 1ᵉ de couverture : *Carte générale de l'Égypte ancienne, de la Palestine et de l'Arabie pétrée*, Picquet, Paris, 1822 (détail).

Illustration de 4ᵉ de couverture : Portrait de Louis Couperus par E.O. Hoppé, Londres, 1921.

Dépôt légal : D/2019/11.063/1

ISBN : 978-2-930760-10-0

© traduction : Christian Marcipont & Éditions Martagon asbl, 2018

www.martagon.eu

Louis Couperus

Voyage au centre de l'Antiquité

Roman

Traduit du néerlandais par Christian Marcipont

ÉDITIONS MARTAGON

I

La nuit sans vent sur la mer était étale et d'une exquise pureté d'argent après la splendeur rougeoyante du jour, et la grande quadrirème glissait avec une douceur cadencée, comme sur un lac sommé d'un vaste firmament d'étoiles. L'horizon ténu tirait au cordeau les contours de la mer ovale, et sur ce vaste monde, seules étaient les étoiles, seul était le navire.

Cependant, le navire résonnait de musique. Il y avait la phrase mélodique constamment répétée des trois cents rameurs, douce et monotone, sur le mode mélancolique et mineur, avec incessamment la même tenue, après quoi le *hortator**[1] entonnait la psalmodie, après quoi, comme un chœur, en sourdine, les rameurs donnaient à nouveau voix à leur longue phrase de mélancolie – le doux, le monotone accompagnement de leur pénible labeur, l'encouragement musical à la répétition du même mouvement des bras et à la flexion du torse dessus les reins.

Cette musique mélancolisait depuis le pont inférieur, et avec elle se conjuguait le doux battement des rames, semblables aux pattes uniment proportionnées du gracieux animal marin qu'évoquait le navire, avec sa proue cycniforme* haut dressée : monstre

---

[1] Les mots ou groupes de mots suivis d'un astérisque renvoient aux notes en fin de volume.

élégant fendant les eaux, d'un calme lacustre, de ce monde nocturne aux clartés d'argent, monstre au cou de cygne et aux centaines de fines pattes se mouvant en rythme, ailé de deux voiles rose jaune, faséyant à peine, de loin en loin, et que seule bombait l'erre du navire, sans les gonfler entièrement, car il n'y avait pas un souffle de vent.

Cependant que le monstre gracieux, le grand *navigium* ailé, glissait sur cette conjonction de chant d'esclaves et de battement de rames, plus allègre, partant du gaillard d'arrière, résonnait la chanson des matelots paressant après la besogne. Elle résonnait d'insouciance, forte de mâles, profondes, sombres voix de basses, sans la mélancolie des rameurs, et il était un matelot qui préludait d'une voix plus aiguë, car s'il était loisible aux marins de chanter, il n'en fallait pas moins que leur chant fût guidé avec art. Une musique mélodieuse, en effet, augurait favorablement du périple, conjurait le mauvais sort et empêchait que, du dessous des eaux, se fît entendre la voix perçante des sirènes, de même que le timbre pur de la voix humaine tenait éloignées les roches sous-marines à la dérive et forçait le serpent de mer de replonger dans les profondeurs.

À travers ces deux chœurs, à travers le chant mélancolique des rameurs et la mélodie exultante des marins, une délicate voix de femme égrenait un solo de pures notes tout de langueur amoureuse avec, invariablement, une conclusion coquette et enjouée. C'était, alors qu'on eût dit le tintement de perles d'or glissant de cordes de harpe pincées – précisément ces flamboyantes perles d'or que produit le petit tétracorde lesbien – un hymne à la déesse Aphrodite, dont le nom surgissait à maintes reprises, langoureux et enjoué, dans la mélodie grecque de la chanteuse, aux accents exotiquement doux en comparaison des sonorités latines plus âpres émaillant le chant d'allégresse des hommes et de la mélodique, mélancolique phrase montant du pont inférieur.

Sur le gaillard d'avant, occupant un pavillon drapé de rideaux tyriens de soie rouge, était étendu Publius Sabinus Lucius, et il écoutait. La musique qui s'élevait de son navire dans cette nuit de calme plat, pure comme l'argent, à travers l'air d'une exquise et ample limpidité, saupoudré d'étoiles, apaisait quelque peu sa peine. Il était plus calme à présent, repu de désespoir, comme si la musique harmonieuse eût bassiné et baigné son âme chagrine. Il fixait des yeux, comme privé de pensée, presque affranchi de peine dorénavant, la statue d'argent d'Aphrodite, patronne de son navire, devant laquelle brûlait une lampe d'albâtre, tandis que, s'exhalant d'une cassolette à encens, le nard s'enroulait en une légère spirale autour des pieds de la déesse.

Il n'était pas possible toujours, toujours et sans cesse, de ressentir cette peine avec la même véhémence. Demain... oh ! dans une heure, la peine aurait retrouvé cette véhémence. Pour l'heure... dans cette nuit de fraîcheur et de musicalité, un bref répit était accordé, un moment de néant, presque une mélancolique bienfaisance... Et dans cette disposition rassérénée, Lucius se sentit le besoin d'adresser à son vieil ami et pédagogue une parole aimable, ce dont, depuis le début du voyage, il ne l'avait point encore gratifié.

Il frappa le gong près de sa couche, et un petit esclave noir parut.

« Tarrar, dit Lucius, va me chercher Thrasyllus, et dis-lui que je l'attends. »

Le petit esclave libyen, à qui son pagne bigarré donnait des allures de petit singe, exécuta une révérence qui, par son sérieux, prêtait à rire, sortit, l'échine courbée, et disparut. Il ne fut guère long à soulever le rideau, et Thrasyllus s'avança vers son jeune maître, Publius Sabinus Lucius.

Le pédagogue était un affranchi d'âge mûr, grand, maigre, grave, aux boucles et à la barbe grises. Son regard était bienveillant, sa bouche arborait un sourire paternel.

Lucius, sans se lever, lui tendit la main.

« Thrasyllus, dit-il, pardonne-moi si je me suis montré mal disposé... »

Il ne prononça pas une parole de plus. Sa voix possédait des accents profonds, virils et émus. Le vieux pédagogue avait pris place sur un escabeau, près de la couche de son maître.

Et il déclara, tenant un instant sa main dans la sienne :

« Lucius, je te sais gré de cette parole. Mais je n'ai rien à te pardonner, mon enfant. Tu es le maître, je suis ton esclave, ton esclave toujours, même si tu as signé mes patentes de manumission. Je suis ton serviteur, mon garçon, mais un serviteur plein d'une sollicitude paternelle. J'éprouve pour toi l'amour d'un père, et tu as toujours considéré ce sentiment avec indulgence. Il m'agrée ainsi. Je suis content ainsi. Je te sers et je t'aime ainsi. Mais je te sais gré de ta parole magnanime. Je te reconnais bien là : magnanime, impartial. Tu es rétif à tout orgueil. Tu sais faire amende honorable. Quant à moi, je t'accorde bien volontiers, si tu estimes ne pouvoir t'en passer, mon entier pardon, encore que ce mot soit inconvenant dans ma bouche. Tu étais amer et tu souffrais : le chagrin t'a égaré. Ta nature est emportée en tout : dans ton amour, dans ton chagrin, dans ta haine, dans chacune de tes passions et de tes colères...

— Je ne me suis montré ni magnanime ni impartial, Thrasyllus, et j'ai levé la main sur toi. Pardonne-moi. »

Le vieux pédagogue haussa les épaules.

« Je te pardonne, mon garçon. Je te pardonne. Ton sang coule impétueusement et le nuage rouge t'aveugle quelquefois. Certes, tu dois apprendre à te contenir et à te maîtriser. Mais moi, je suis ton esclave, en dépit de ma sollicitude paternelle, et que tu aies levé la main sur moi est sans importance. C'était un mouvement de colère. Tu es fougueux comme un jeune cheval. Et le chagrin t'a égaré.

— Il continue de m'égarer. Parfois... parfois il me semble... ici... en moi... en mon sein... sentir une furie

8

frénétique ! À ces moments, je la VEUX, je veux la retrouver, je la veux, ici, ici auprès de moi, dans mes bras, contre mon sein, sur mes lèvres… Ô dieux, dieux, dieux ! »

Il respira profondément, gémit, puis éclata en sanglots.

« Calme-toi, mon enfant, dit le pédagogue. Efforce-toi d'oublier, de te faire une raison. Elle n'est plus là. Elle demeure introuvable. Nous avons remué ciel et terre. Tu as dilapidé des trésors en pure perte pour la retrouver. Ilia n'est plus là, depuis à présent trois mois. Des pirates l'auront enlevée alors qu'elle se baignait. Elle se baignait souvent dans la mer, au milieu des rochers…

— A-t-on vendu la villa de Baïes ?* J'ai RE-FU-SÉ d'y remettre les pieds depuis qu'elle n'y est plus… Depuis qu'elle a disparu, disparu ! Elle a disparu ! Disparu sans laisser de traces… Nous n'avons retrouvé qu'une sandale sur la plage… La mer était calme… Il est impossible qu'elle se soit noyée ! Elle était reine en ma demeure ! Mon Ilia : elle était reine en ma demeure, bien qu'elle fût une esclave. Tout était pour elle et par elle ! Elle avait beau être mon esclave, elle-même avait des esclaves, hommes et femmes : elle possédait les joyaux d'une impératrice ! Je la vénérais comme Aphrodite en personne ! Et elle a disparu, disparu sans laisser de traces, sans laisser la plus petite trace ! On n'a rien retrouvé d'elle à part une sandale, une sandale ! Où peut-elle être ? Est-elle morte, est-elle vivante ? A-t-elle fui, a-t-elle été enlevée, a-t-elle été assassinée ? Ne la reverrai-je plus jamais, plus jamais ? Ici… ici… »

Il se leva brusquement.

« Ici… en mon sein bouillant… je la sens sourdre, la furie frénétique… Je la veux, je la veux… Ilia ! Ilia ! Ilia ! »

Il poussa un cri éperdu, un hurlement de douleur, et se répandit en sanglots.

Dans la nuit, par tout le navire, son cri, son hurlement avait été entendu.

Et d'un seul coup, à cause de cette douleur, toute musique s'était tue : la mélopée mélancolique des rameurs, le chant d'allégresse des matelots, et l'hymne à la déesse, sur la harpe lesbienne aux cordes pincées.

Seules les rames battaient les flots.

Et puis le silence, le silence, rien que le silence… sur le *navigium* tout entier, sous le dôme étoilé.

Alors monta la voix des *hortatores*…

La phrase mélodique des rameurs mélancolisa de nouveau, inchangée.

Et le matelot à la voix aiguë, qui préludait, entonna…

Les marins reprirent après lui…

Et de flamboyantes perles d'or tombèrent du tétracorde, comme des gouttes limpides à travers la nuit, et l'hymne grec de la chanteuse languit d'amour et de tendresse, pour subitement retentir, implorant :

« Aphrodite… ! Aphrodite… !! »

II

Enfoui dans ses coussins, Lucius sanglotait comme un enfant.

À côté de lui se tenait le vieux Thrasyllus, la main posée sur l'épaule agitée de soubresauts de son maître.

« Lucius, contiens-toi. Maîtrise-toi et place-toi pieusement sous l'égide du Destin. Ilia n'est plus là, elle n'est plus là... Vraisemblablement à jamais. Elle a disparu. Des pirates l'ont enlevée alors qu'elle se baignait... Ne pense plus à elle. La vie est fertile. La fortune t'a gratifié non seulement de trésors sans nombre, mais aussi d'un esprit et d'une âme. Tu chéris la beauté et l'étude, tous les arts et toutes les sciences. Tu as bien fait, en définitive, de m'écouter quand je te conseillais de ne pas indéfiniment te consumer de chagrin dans la villa de Baïes. Oui, elle a été vendue. Plus jamais nous n'y retournerons. Elle a été vendue à l'empereur. Pour un prix dérisoire. Tibère peut bien la considérer comme un don, la belle affaire ! Oublie la villa... et oublie Ilia... Pour l'instant, nous voguons vers l'Égypte, source de toute sagesse, berceau de l'humanité. Tu as bien fait de suivre mon conseil : c'est de la distraction qu'il te fallait, mon enfant, et cette distraction sera salutaire à ton âme malade... Demain, nous aborderons à Alexandrie... Le voyage se déroule sous d'heureux auspices et il est probable que nous n'aurons pas à essuyer de tempête jusqu'à notre arrivée. Tente de dormir à présent et, je te le répète : merci pour ton aimable parole. Tu es magnanime. Mon pardon n'avait pas d'objet, mais je te suis reconnaissant de me témoigner davantage d'amour qu'au moindre de tes petits esclaves. Bonne nuit. Bonne nuit, Lucius. »

Le pédagogue quitta le pavillon.

« Tire les rideaux, Tarrar, commanda-t-il au jeune Libyen. Sans faire de bruit.

— Bien, Thrasyllus », fit l'enfant.

Le pédagogue parcourut le pont sur toute sa longueur. Le chant des matelots s'était tu, l'hymne s'était tu. Seule résonnait, très douce, tout en nuances feutrées, la phrase mélancolique des rameurs.

Le vieil homme s'arrêta. Affalé sur une pile de coussins, gisait, pansu comme un silène*, le crâne chauve et luisant, Catullus, l'oncle désargenté de Lucius, tandis que sur une chaise basse avait pris place Cora, l'esclave grecque originaire de Cos*. Sa harpe se dressait près d'elle, tel un arc arrondi, et elle y appuyait la tête.

« Eh bien, Thrasyllus, marmonna Catullus d'un air somnolent, comment se porte mon neveu ?

— Il m'a adressé une parole aimable, répondit le pédagogue, ravi.

— Une parole aimable ? s'exclama Catullus en se redressant et sans cesser de soutenir de ses mains son crâne couronné de gris. Je t'envie ! Il ne m'a pas été donné d'en entendre une seule depuis que cette fille a fichu le camp…

— Chut… Pas un mot de plus, mon bon Catullus, dit Thrasyllus. Il croit qu'elle a été enlevée par des pirates. Conservez-lui cette conviction.

— Alors que personne n'ignore – il n'est pas jusqu'au *gubernator** qui ne m'en ait entretenu – qu'elle a filé avec Carus le Chypriote, le matelot ! Tout le monde est au courant, tous les matelots et les rameurs…

— Chut ! reprit Thrasyllus. Veillez à ne lui en rien dire ! Il vénérait cette femme, et elle n'était pas digne de pareille dévotion ! Elle était reine en sa demeure et… elle s'est enfuie avec Carus le Chypriote ! Et dire que c'est pour une canaille de cette espèce qu'elle a quitté un maître tel que Lucius !

— Et Lucius qui s'imagine encore qu'Aphrodite veille sur lui !

— Pourquoi la déesse ne veillerait-elle pas sur lui, Seigneur Catullus ? Ilia n'était pas digne de Lucius : c'est précisément parce que la déesse veillait sur Lucius qu'elle a excité cette folle passion dans le cœur d'Ilia. Qui sait quel bonheur plus grand et plus élevé la déesse lui réserve demain ?

— Je ne crois pas aux dieux, Thrasyllus, pas même en Bacchus, tu le sais ! Depuis que les dieux ont décrété que *moi*, je naîtrais pauvre comme un rat dans une cave, et mon neveu environné de tous les trésors de la terre, depuis lors – c'est-à-dire depuis l'instant où j'ai commencé à téter ! – j'ai renoncé de croire aux dieux. Et d'entre tous, c'est encore en Aphrodite que je crois le moins, encore que j'*inclinerais* à croire en elle quand Cora chante comme tout à l'heure. »

L'esclave grecque leva la tête de la harpe, contre laquelle elle s'appuyait.

« Ai-je bien chanté ? s'enquit-elle. Thrasyllus, ai-je bien chanté ?

— Très bien, Cora, répondit Thrasyllus.

— Et *lui*, a-t-il dit quelque chose à propos de mon chant ?

— Non, dit Thrasyllus, rien à ce sujet…

— N'a-t-il *jamais* rien dit à propos de mon chant ?

— Non, Cora, il souffre trop pour y prêter attention.

— Pauvre Cora, intervint Catullus. Voici trois mois qu'elle chante des hymnes à Aphrodite – depuis qu'Ilia a disparu et que toi, Thrasyllus, tu as acheté Cora pour sa belle voix, afin de procurer à Lucius quelque distraction… Et je crois bien que jusqu'ici, Lucius n'a même pas remarqué que Cora chante… et il s'est encore moins avisé qu'elle existe !

— Cela ne fait rien », dit l'esclave grecque en appuyant de nouveau la tête contre la harpe.

Catullus bâilla et bomba le ventre.

« Je dormirai ici, dans mes coussins, déclara-t-il, et ne regagnerai pas mon pavillon. Je dormirai à la belle étoile. Demain nous serons à Alexandrie ! Alexandrie ! Le fin du fin en matière de cuisine, me suis-je laissé dire. Je suis fatigué de Rome et de Baïes. J'en ai plein le dos du paon rôti et des huîtres ! Rome toujours et son paon rôti ! Baïes toujours et ses huîtres ! J'aurais fini moi-même par me transformer en paon et en huître ! La diversité des mets est le secret d'une bonne santé. Les paons et les huîtres vous rendent mélancoliques ! Je perdais mon entrain, incapable d'une boutade susceptible de faire rire Lucius à l'occasion. J'avais beau me montrer spirituel, même à *moi*, ô Cora, il ne prêtait aucune attention… Et tu voudrais qu'il prête attention à ton chant ! Il ne prête plus attention à rien ni à personne depuis qu'Ilia est partie…

— Était-elle si belle ? interrogea Cora.

— Très belle, dit Thrasyllus d'un ton gravement appréciateur.

— Elle était belle, reprit Catullus, pimentant son éloge de frivolité, mais elle était trop forte et trop grande. Ses chevilles manquaient de finesse. Ses poignets étaient aussi larges que ceux d'un homme.

— Elle était très belle, répéta Thrasyllus, belle comme une déesse.

— Voilà bien, s'exclama vivement Catullus, une opinion que je n'ai jamais partagée, pas plus avec toi qu'avec mon neveu. Vous prétendiez qu'elle ressemblait à une déesse…

— À l'Aphrodite de Cnide, de Praxitèle, soutint Thrasyllus.

— Je n'ai jamais été de cet avis ! soutint Catullus à son tour. Jamais ! Peut-être les lignes de son corps n'étaient-elles pas sans rappeler, encore qu'en plus grossier, l'Aphrodite de Praxitèle, mais sur son visage manquaient, sans contredit possible, le charme, le sourire de cette figure divine. Or, si je ne crois nullement aux dieux, pas même en Aphrodite, j'ai foi en la justesse et, quelquefois, en la sobriété de mes vues. Je n'étais pas épris d'Ilia comme l'étaient Thrasyllus et Lucius ! Et en définitive, soit dit entre nous, je n'ai pas de mal à comprendre qu'Ilia ait pris le large, toute reine qu'elle eût été en sa demeure. On l'admirait *trop* pour ses chevilles et ses poignets de déesse, pour ses grands pieds et ses grandes mains ! N'était-elle pas forcée, parfois une heure durant, alors que Lucius la regardait, gisant à ses pieds, de pivoter sur un piédestal mobile, mû sous le plancher par deux esclaves, et Lucius ne sortait-il pas de ses gonds s'il lui arrivait de bouger ? « Je n'en puis plus, mon oncle », m'a-t-elle déclaré plus d'une fois, et c'est bien compréhensible. J'ai idée qu'il doit être éprouvant de jouer les statues vivantes, et moi aussi je dirais « merci bien ! » si mon neveu se mettait en tête, eu égard aux formes proches de la perfection dont la nature m'a gratifié, de me faire pivoter sur un piédestal mobile, tel Éros avec son arc et ses flèches, ou Ganymède*, une coupe à la main. Qu'en dis-tu, rêveuse Cora ?

— Je n'en sais rien, répondit la rêveuse Cora. Ce n'est pas à moi que l'on demanderait de personnifier l'Aphrodite de Cnide. Je n'ai que ma voix…

— Et moi rien moins qu'une furieuse envie de dormir, bâilla Catullus. Et c'est ce que je vais faire, ici, à la belle étoile… »

Il s'étira et fit basculer son ventre. Deux esclaves s'avancèrent vers lui et, pleins d'attentions, le couvrirent de quantité de draps de soie et de couvertures de laine, puis glissèrent des coussins sous sa tête, ses reins et ses pieds. Il accepta cet empressement comme un enfant. Du reste, à peine se fut-il retourné qu'il s'endormit comme un enfant, une insouciance sans mélange baignant son front dégarni qui, semblable à l'ivoire, luisait sous la clarté des étoiles.

Cora s'était levée.

« Bonne nuit, Thrasyllus, dit-elle.

— Bonne nuit, Cora », dit le pédagogue avec une affabilité toute paternelle.

L'esclave grecque, portant la harpe dans ses bras, s'éloigna lentement. Elle souleva le rideau d'une cabine qu'elle partageait, sur le pont supérieur, avec d'autres esclaves. Celles-ci dormaient sur six ou sept lits étroits disposés à proximité les uns des autres. Une lanterne rose dispersait une vague lueur, ici sur une hanche s'arrondissant dans le sommeil, là sur un visage aux yeux clos, encadré de cheveux noirs et de bras blancs levés en l'air.

L'esclave, silencieuse, se dévêtit. Son péplum de mousseline, tissu de fleurs d'or, tomba à ses pieds. Elle était nue. Elle considéra ses poignets, lesquels possédaient ce délié propre aux poignets des patriciennes. Elle se pencha et considéra ses chevilles. Elle cambra son petit pied étroit admirablement proportionné. De ses doigts fins, elle effleura ses hanches, à l'image de celles d'une vierge, et sa taille, que deux mains eussent presque suffi à emprisonner. Alors, elle ramassa un miroir à main en métal et s'y mira à la lumière de la lanterne rose. Elle ferma à demi ses très grands yeux, qui semblaient des saphirs dans des coquilles de nacre, ses yeux très doux, très brillants, très grands, avec ce trait de khôl qu'elle prolongeait jusqu'aux tempes. Alors, elle sourit...

Puis poussa un profond soupir. Elle s'étendit sur son petit lit étroit, flanqué de deux autres. Dans son sommeil, une esclave avait légèrement remué en murmurant. Cora ramena une couverture sur elle, et ses grands yeux fixèrent sans rien voir la lanterne rose...

Dans la nuit sans vent, le *navigium* glissait sur la mer d'un calme lacustre, et il n'était que le battement des rames et la phrase berceuse, mélancolique des rameurs...

De loin en loin, l'ordre chantant du *gubernator*, en vigie sur son mât.

Et puis le grincement de lourds cordages sur de grandes poulies.

III

Le lendemain matin, la clarté uniforme d'une aurore rose-thé se leva sur un spectacle féerique, beau comme un songe merveilleux, volatil comme une vision, splendide comme un enchantement… La quadrirème, une fois doublé le monumental fanal de marbre, haut de neuf étages, de Pharos, s'était glissée dans le Grand Port, et Alexandrie s'offrait aux regards ravis des voyageurs – Lucius, Thrasyllus, Catullus –, rosissant à travers des reflets diaphanes, nacrés, et une brume argentée qui se dissipait, semblable à une cité tout droit sortie d'un conte ou d'une fable enchantée. Une longue, très longue rangée de palais blancs, aux crénelures irrégulières, se profilait à travers ce brouillard et ces reflets.

À gauche, juchées au sommet du cap Lochias, s'érigeaient les colonnes de l'ancien palais royal, féeriques et fabuleuses dans la brume argentée. Thrasyllus savait que, depuis que l'Égypte avait été dotée du statut de province romaine, le légat y résidait et qu'on lui rendait les hommages royaux. En contrebas se dessinait le petit port du palais, bassin carré qu'égayaient les voiles pourpres des trirèmes du légat, et que jouxtait la petite île d'Antirhodos, derrière laquelle des colonnes, des colonnes dont le nombre et la netteté allaient s'augmentant, découpaient blanchement le théâtre, avec la péninsule du Poseidium, où se dressait le temple de Poséidon, et l'immense emporium*, les immenses halles de la marine marchande, tandis que dans le port, un promontoire faisait saillie, sur lequel, déployant la grâce d'un joyau marmoréen, s'élevait la villa du Timonium, bâtie par Marc Antoine. Un pullulement de jardins verdoyants, semés de palmiers aux couronnes majestueuses, de tamaris aux cimes songeusement graciles, jetait comme de sombres bouquets bienfaisants entre tous ces édifices d'un blanc vif, qui commençaient de resplendir sous un soleil dont l'ardeur s'intensifiait.

Thrasyllus désigna du doigt, le long du port, le long de la longue rangée de palais du Céséréum*, les immenses docks, ainsi que les chantiers maritimes, lesquels regorgeaient d'une foule hétéroclite et affairée se dirigeant vers l'Heptastade, la jetée-promenade reliant la ville à l'île de Pharos, à laquelle le fanal devait son nom. De l'autre côté de cette jetée, ornée de rostres* et de statues disposés sur des rambardes et des balustrades de marbre, on découvrait le port d'Eunostus et le port militaire appelé Cibotus.

Tous ces ports grouillaient de vaisseaux : birèmes et trirèmes, liburnes* et navires marchands. Les mâts se dressaient, semblables à une forêt aux arbres élancés, et les voiles se coloraient, telles des ailes délicatement jaspées d'oiseaux se frôlant, et dès l'instant où la quadrirème glissa à l'intérieur du port, une foule de caïques bondés de marchands, d'Arabes et de Nubiens brailleurs encadra l'imposant *navigium*. L'*Aphrodite* se mit en panne. Un pilote lamaneur* monta à bord. Alors le navire se remit à se faufiler à travers la multitude des caïques, les cris des marchands et, avec la grâce d'un cygne, il vira de bord et vint afflanquer le grand quai à l'emplacement où il était attendu et qui lui avait été réservé.

Sur le quai, entre les obélisques, régnait une déconcertante effervescence populaire. Matelots et marchands, négociants en fruits, vendeurs d'eau, colporteurs de légumes, femmes jacasseuses, enfants criards, mendiants éthiopiens, étudiants grecs, prêtres de Sérapis et d'Isis, soldats romains, tous montraient au doigt le *navigium* et s'attroupaient, béant, écarquillant les yeux d'admiration. Car si chaque jour apportait son lot de navires dans le Grand Port d'Alexandrie, il s'en fallait de beaucoup qu'une impressionnante quadrirème telle que celle-ci accostât journellement. Aussi le beau navire excitait-il la curiosité.

Les trois voyageurs se tenaient sur le gaillard d'avant, près de la statue d'argent d'Aphrodite. Catullus déclara, du ton d'un connaisseur :

« Ce n'est pas mal du tout... Voyez-moi cette rangée de palais ! On dirait qu'Alexandrie tout entière n'est qu'un palais qui donne sur son port ! Et que de monde : blancs, mulâtres, noirs, et tout cela confondu ! Et quels cris ils poussent, quels cris ! Nous autres sommes bien plus calmes en Italie ! Vise un peu, Lucius, tous ces ibis qui vont et viennent sur le quai ! Paisibles et apprivoisés, tout à picorer de-ci de-là : en vérité, on jurerait qu'ils sont ici chez eux ! Aperçois-tu, Thrasyllus, les ibis ? Je me les figurais se contenter de rêver sur une patte au bord du Nil, comme des oiseaux pleins de poésie... et dès le premier abord, je les vois, par troupes entières, occupés à se promener le long des quais du port d'Alexandrie ! Des ibis blancs, des ibis noirs, des ibis noir et blanc ! Que d'ibis ! Que d'ibis ! Et si dignes, plus dignes même que les humains ! Ô dieux ! Ce que les Alexandrins sont bruyants ! »

La passerelle fut jetée sur le quai. Le *magister** recevait les autorités portuaires, auxquelles il était tenu d'exhiber ses documents, lorsque deux hommes franchirent lestement celle-ci, que barrait une garde de matelots, chargée d'endiguer la poussée de la populace aux yeux béants. Le premier était visiblement un Latin, le second un Sabéen basané.

« Eh bien, Vettius ! dit Lucius, faisant la bienvenue au Latin, qui n'était autre que son intendant, je suis bien aise de te revoir, et j'espère que ton voyage s'est avéré aussi prospère que le nôtre ! »

L'intendant Vettius s'inclina profondément devant son jeune maître et salua avec un même luxe de cérémonie Catullus, l'oncle ventripotent. Il avait devancé son maître à Alexandrie afin de s'y mettre en quête d'un gîte à sa convenance, et il semblait pour le moins satisfait de ce qu'il avait déniché car, la mine réjouie, il désigna d'un geste de la main le Sabéen basané, qui s'était tenu à l'écart et se répandait à présent en salamalecs et autres démonstrations de déférence proférées dans un sabir mâtiné de latin, de grec, de phénicien et d'arabe.

« Voici maître Ghizla, du pays de Saba, Seigneur, dit Vettius en faisant les présentations, propriétaire de la plus importante pension pour étrangers d'Alexandrie. Il tient à votre disposition une suite de trois pavillons, dans des jardins flanqués de spacieuses dépendances, situés à proximité de la pension proprement dite, et je suis persuadé qu'une fois pourvus de notre mobilier, ils constitueront pour vous, ainsi que pour le vénérable Catullus, un logement convenable, si l'on veut bien se souvenir, naturellement, qu'en voyage notre confort n'est jamais que temporaire et qu'il ne saurait soutenir la moindre comparaison avec celui que vous connaissiez dans votre *insula** de Rome ou votre villa de Baïes, à présent propriété de notre gracieux empereur Tibère.

— C'est bien, c'est bien, Vettius, dit Lucius, nous refrénerons nos exigences. Y a-t-il des salles de bain ?

— Vous trouverez de confortables salles de bain, Excellence, assura maître Ghizla, joignant à la parole deux ou trois salamalecs. Il y a des robinets qui donnent de l'eau très froide et d'autres qui donnent de l'eau très chaude. Il s'agit là de pavillons que je ne loue qu'à des Excellences telles que les vôtres. J'ai eu l'honneur d'y héberger le prince perse Kardusi, dont je gage qu'il est connu de vous, et Baäbab, le satrape* de Mésopotamie, que vous devez connaître également : d'authentiques Excellences, Excellence.

— Certes, certes, répondit Lucius, s'essayant à badiner. Kardusi et Baäbab, je les connais très bien.

— Nous leur sommes même apparentés et les appelons par leur nom, interjecta l'oncle Catullus avec désinvolture, s'inclinant et bombant le torse. Seulement, Maître Ghizla, il est une chose dont j'aimerais m'enquérir, et dont tant le seigneur Lucius que maître Vettius risquent de faire peu de cas : les pavillons comportent-ils des… *cuisines*, où il serait possible à notre fidèle cuistot de nous préparer quelque mets frugal ?

— Vous trouverez de confortables cuisines attenantes aux suites princières, Excellence. Son Altesse le satrape Baäbab y donnait souvent des banquets fort onéreux et, tous les deux jours, invitait Son Altesse le légat à sa table, et près des cuisines se trouve un puits dont l'eau est aussi pure et limpide que du cristal…

— Je ne bois guère d'eau, dit l'oncle Catullus.

— Nous avons en cave du vieux vin de Maréotis, Excellence, épais comme l'encre, d'un pourpre aussi foncé que la cire fondue d'un sceau princier, et capiteux comme les propres lotus de la déesse Isis, loué soit son nom ! Nous avons également le vin de palme de Méroé, ainsi que la fine liqueur topaze de Napata : nous avons toutes les liqueurs égyptiennes…

— Voilà qui vaut mieux que l'eau, déclara l'oncle Catullus en se pourléchant les babines. Et *toi*, qu'en dis-tu, cher Lucius ? »

Lucius, ce matin-là, avait dû se faire violence pour contenir sa douleur. En compagnie de son oncle et du pédagogue, il avait contemplé, plein d'intérêt, le panorama splendide qui s'était déroulé devant leurs yeux à leur entrée dans le Grand Port. Il avait accueilli son intendant Vettius d'une parole aimable, s'était de bonne grâce intéressé à ses futurs appartements… À présent, cependant, sombre et abattu, il s'était affalé sur un siège près de la statue d'argent de la déesse et il fixait le vide d'un regard éploré. C'était un beau et grand jeune homme, athlétiquement charpenté grâce aux exercices de lutte, et ses yeux sombres pétillaient, quoique pour l'heure voilés de mélancolie et de désir, d'une profonde intelligence. Cousu d'or, unique héritier d'une parentèle décédée sans avoir laissé d'enfants, il avait rapidement renoncé à prendre part aux folles orgies des jeunes Romains de son rang pour se consacrer à nombre de sciences, en particulier l'astronomie, mais aussi la philosophie, et puis la magie, dont l'époque s'était engouée. Il s'adonnait au modelage et à la sculpture.

Collectionneur, il chérissait tout ce qui était beau, peintures et sculptures, monnaies et verreries anciennes, et sa collection d'antiquités étrusques était célèbre à Rome. Certes il avait toujours désiré voir l'Égypte, parcourir l'Égypte, et le spectacle des palais de marbre d'Alexandrie avait réussi à le captiver, l'espace d'un instant... Mais aussitôt cet instant passé, il éprouva de nouveau cette même douleur, ce même désir, et à travers ce désir douloureux perçait le rouge courroux, la fureur impuissante... parce qu'un matin d'infortune, Ilia, son esclave favorite, avait, sans laisser de traces, disparu de la villa de Baïes...

« Viens, Lucius, disait à présent Catullus, descendons à terre, mon garçon... Nos litières nous attendent déjà, préparées par les soins de maître Ghizla.

— Avec d'admirables et vigoureux porteurs libyens, Excellence, des porteurs que je réserve en exclusivité à des Excellences telles que les vôtres...

— Et au cas où vous voudriez commencer par une promenade à travers la ville, recommanda l'intendant Vettius, je verrai que meubles et bagages soient débarqués du *navigium* et transportés jusqu'à vos appartements, de sorte que vous les trouviez sur place pour l'heure du déjeuner... »

En effet, si Lucius voyageait avec ses propres litières et ses propres porteurs, Ghizla et Vettius n'en avaient pas moins estimé que deux litières alexandrines voiturées par douze Libyens seraient plus appropriées, surtout si l'on voulait bien se souvenir que les porteurs d'Alexandrie avaient coutume de se déplacer plus rapidement – en quelque sorte de trotter – qu'à Rome, où le rythme obéissait à un calme plus solennel. Maître Ghizla, donc, qui ne se ferait pas scrupule de leur compter doublement, voire davantage, litières et porteurs, s'était astucieusement empressé de faire stationner ses litières au pied de la passerelle, avant même qu'à bord le sous-intendant Rufus eût pensé à faire préparer pour son maître les siennes propres.

« Très bien, Vettius, dit Lucius qui, se faisant une fois de plus violence, s'était levé. J'aperçois deux litières... Je présume qu'elles sont destinées à l'oncle Catullus et à moi-même. Mais comment notre bon Thrasyllus nous accompagnera-t-il ? Car sans lui, qui connaît déjà la cité pour avoir lu Ératosthène et Strabon et qui, chemin faisant, ne se fera pas faute de nous signaler maint détail propre à susciter l'intérêt, la promenade, cela va sans dire, perdrait beaucoup de son agrément...

— J'ai fait seller un âne excellent à l'intention de maître Thrasyllus, déclara, ponctuant sa phrase de quelques salamalecs, maître Ghizla, et en effet, derrière les litières, parmi la populace qui gardait la bouche bée, attendait un âne harnaché, tenu en bride par un jeune garçon. Et si, poursuivit cauteleusement le Sabéen, je puis confier vos Excellences à la conduite de Caleb, mon frère puîné, celui-ci vous précédera et se montrera pour vos Excellences un guide dont, à coup sûr, elles ne se féliciteront pas moins que leurs Excellences le prince de Perse et le satrape de Mésopotamie.

— Kardusi et Baäbab, compléta l'oncle Catullus avec malice, deux braves garçons sans aucune prétention. Je regrette qu'ils soient déjà partis... »

Ghizla, cependant, désignait Caleb, lequel, se répandant en gracieux salamalecs, s'approchait et s'inclinait. Autant Ghizla était de haute taille, maigre et distingué, autant Caleb, son cadet, était allègre, tout étincelant d'yeux sombres et de dents éclatantes, plantées dans une bouche au sourire enjoué. Il portait un ample pantalon rayé et bariolé, un burnous blanc, un turban circulaire, de grands anneaux aux oreilles, et son latin, supérieur à celui de son frère, se mêlait de loin en loin à quelques phrases de grec.

Lucius agréa Caleb pour guide et ils descendirent à terre, puis l'oncle Catullus et lui prirent place dans leurs litières. Thrasyllus enfourcha son âne paisible. Quant à Caleb, il bondit avec aisance sur une jument sabéenne caparaçonnée de couleurs multiples, qui hennit lorsqu'elle sentit les talons rouges des sandales de Caleb dans ses flancs. Et la procession se mit en branle : en tête, trois avant-coureurs d'un noir d'ébène, faisant claquer leurs fouets de droite et de gauche pour dégager la voie, chasser les chiens aboyants, tenir les mendiants à distance ; puis Caleb, chevauchant fièrement comme un jeune conquérant, ne se départant pas de son sourire, tout étincelant d'yeux noirs et de dents blanches ; ensuite les deux litières, escortées de Thrasyllus sur son âne paisible, et tout autour des trois touristes, quantité de gardes, armés de bâtons et de fouets.

Ils fendirent la foule amassée le long du quai, où tous regardaient et désignaient du doigt les étrangers de marque. Ils progressaient d'un trot rapide, car l'avant-garde imposait ce train à coups de fouet. Caleb, sur sa jument sabéenne, faisait parade de ses talents de cavalier et dansait avec son cheval, caracolant en de gracieuses évolutions. Les porteurs de litière trottaient d'un trottinement régulier et rapide. Il n'était pas jusqu'à l'âne de Thrasyllus, d'ordinaire digne comme un philosophe, qui ne suivît en trottant et en gambadant. À l'arrière, trottant eux aussi, venaient les gardes, menaçant de leurs bâtons et brandissant leurs longs fouets. Tout cet équipage trottait au milieu de la large rue, foulant le grand pavage, et l'on eût dit que tout trottait, prompt d'allure, y compris les autres litières, charrettes et cavaliers, lesquels tentaient, précédés de leurs avant-coureurs à pied ou à cheval, de leur frayer un chemin à travers la cohue.

La procession s'avançait donc au trot et les gamins des rues se dispersaient, comme se dispersaient les ibis, cous tendus, agitant leurs ailes déployées.

« Que d'ibis ! s'exclama Catullus. Thrasyllus, n'y a-t-il pas là quelque chose de risible ? Tous ces ibis déambulant et voletant par les rues d'Alexandrie ?

— Seigneur, cria Thrasyllus sur son âne gambadant, les ibis constituent le service d'ébouage d'Alexandrie. Ils ne font qu'une bouchée de tous les déchets...

— Peut-être bien, mais cela n'empêche qu'eux aussi nous abandonnent leurs saletés ! cria à son tour l'oncle Catullus, l'air étonné. Le pavé en est à ce point blanc qu'on le croirait passé à la chaux ! Et dire que l'on ose compter ces nettoyeurs malpropres au nombre des animaux sacrés ! Ouste ! Ouste ! » fit-il en gesticulant des bras, afin de les chasser de la litière, car si les fouets de l'arrière-garde au trot tournoyaient à l'entour des gamins des rues, ils ne laissaient pas d'épargner les ibis bienfaisants et consacrés, et parfois il s'en trouvait un pour battre des ailes, égaré, ivre de son vol, au milieu des porteurs.

Pendant ce temps, Caleb exécutait sur sa folâtre jument une gracieuse figure de haute école près de la litière de Lucius.

« Excellence ! cria Caleb. Apercevez-vous l'Heptastade ? Le grand pont qui mène au fanal ? Voyez comme ces navires haut mâtés se glissent par-dessous. Les promenades qu'on y fait le soir ne manquent pas d'intérêt, Excellence : toutes les jolies femmes d'Alexandrie s'y retrouvent, aussi un prince tel quel vous n'aura-t-il que l'embarras du choix quand toutes les hétaïres d'Alexandrie tomberont à ses pieds ! Voici la porte de la Lune, Excellence ! Et voici la Grand-Rue. Derrière se trouve le quartier de Rhacôtis, très intéressant la nuit, Seigneur, très intéressant pour un prince à qui viendrait l'idée d'y déambuler sous un déguisement. À présent, nous empruntons la Grand-Rue et voici, comme vous pouvez le voir, la place où se croisent la Grand-Rue, la rue du Musée et l'avenue de la Colonnade… »

Lucius, amusé, jeta un regard alentour… Ils trottinaient toujours, un trot de jument et de coureurs, de porteurs et d'âne, un trot tapageur se faufilant à travers le vacarme et le brouhaha des voix, le claquement des fouets, cependant que le vacarme, le brouhaha et les jurons des colporteurs gagnaient également la rue et la place, que les gamins des rues réclamaient une obole avec force acclamations et glapissements, que les ibis, à tire-d'aile, s'envolaient pour se poser à un autre endroit et becqueter tous les déchets d'Alexandrie.

Cela nous change tout à fait de Rome, pensa Lucius. C'est cela, l'Orient...

Oui, c'était cela, l'Orient. C'était l'Égypte, c'était Alexandrie... Jamais sur le Forum romain, dont l'agitation était pourtant bien intense, jamais dans les basiliques Lucius n'avait eu devant les yeux un tel remue-ménage impétueux, un tel trottinement ininterrompu, une telle précipitation. On eût dit que tout un chacun était pressé et se précipitait fiévreusement. Des processions de prêtres se précipitaient. Il n'était jusqu'aux gardes romains s'en revenant du palais après la relève qui ne défilassent d'un pas accéléré. Et cependant, jamais les nombreuses litières ne se télescopaient. Toutes glissaient, suivant le trot de leurs porteurs, à gauche, à droite, et se frôlaient. Ce n'était qu'un cri, une rumeur, un juron, un claquement, de quoi faire perdre l'ouïe et la raison... Ici, on vidait une querelle à grand renfort de gestes impétueux et de voix stridentes ; là régnait une bruyante gaieté, suscitée par de disputailleuses marchandes de légumes et des vendeurs de melons braillards. Soudain, écumantes de rage, les femmes lancèrent des choux à la tête des vendeurs, ceux-ci ripostant à coups de pastèques. Choux et pastèques roulèrent sur la chaussée et la foule agglutinée poussa des hurlements d'excitation, tandis qu'alliant trot et distinction, les processions de notables en litières ou à cheval se frayaient un chemin... Choux et pastèques roulèrent aux pieds de ceux qui transportaient Lucius, et Caleb, dressé sur ses étriers, faisant voltiger son burnous, les bras levés au ciel, rendant presque la bride à sa jument – laquelle se cabra – déversa un torrent d'imprécation à l'adresse des femmes et des colporteurs, pour ensuite gratifier Lucius d'un sourire amusé, comme si ce hourvari matinal n'avait rien que de très naturel dans les rues d'Alexandrie... Dame ! Tel était bien le tempérament égyptien : remue-ménage, hourvari, vacarme, cris et jurons pour un oui ou pour un non... Et puis tout rentrait dans l'ordre, comme si rien ne s'était produit. Le tout dans une orgie de couleurs... Rome, en comparaison, était blanche, monotone et insipide, pensa Lucius. Ici, les couleurs éblouissaient avec une violence exacerbée. Citrons, oranges et melons jaunissaient et doraient sur les marchés, sans compter d'autres fruits étranges, cramoisissant et vermillonnant... On arriva dans le quartier des Peintres. Des cuves contenant des résidus de colorant se déversaient dans les caniveaux le long des rues : c'étaient des ruisseaux d'indigo, des cascatelles d'ocre... Les porteurs pataugeaient dans la pourpre et poursuivaient leur trottinement, les pieds tachés d'une noirceur purpurine... Un tourbillon doré de poussière, dans le soleil matinal, poudrait comme à pleines mains ces couleurs bigarrées de sable scintillant et très fin. De hauts édifices dressaient leurs colonnes dans ce scintillement, paraissaient vibrer, se mouvoir dans cette vibration de lumière.

Parvenu à cet endroit, Caleb désigna l'Acropole, qui, à l'instar d'une forteresse, dominait la cité, la protégeant de sa pesanteur carrée ; puis, ce fut la porte du Soleil. Un canal courait hors les murs de la ville, bordé d'une allée de hauts sycomores, une soudaine bienveillance de calme, de fraîcheur et d'ombres d'un vert argenté... Ensuite, Caleb désigna le célèbre lac, le lac Maréotis. Celui-ci avait l'étendue d'une mer, mais des langues de terre le partageaient en lacs intérieurs de moindre dimension. Les îles s'ornaient généralement d'un petit temple consacré à Aphrodite, tandis que sur les bords du lac se dressaient villa sur villa : une souveraine magnificence de villas aux colonnes de marbre se reflétant dans l'eau limpide...

« C'est là que les riches hétaïres ont leurs résidences, commenta Caleb avec une œillade, les hétaïres destinées à des princes tels que vous. Un prince tel que vous peut jeter son dévolu sur qui bon lui semble... »

De hauts papyrus montaient en flèche en bordure du lac, des îlots de papyrus. Leurs tiges bruissaient au moindre souffle de vent. Sur les îlots vivaient des familles de vanniers dont les enfants, occupés à tresser corbeilles et paniers, levaient les yeux et réclamaient une obole à grands cris... Des lotus blancs et des nymphéas roses se couvraient de fleurs. De petites barques dorées, sur lesquelles on avait dressé des tendelets* colorés, sillonnaient le lac. Abandonnant les bosquets de roseaux, les ibis et les grues prenaient leur essor…

« Il faut revenir ici le soir, Excellence, recommanda Caleb avec un luxe d'œillades, c'est ici que se trouve le vrai plaisir. À Rhacôtis, ce ne sont que femmes de mauvaise vie et bordels à matelots… Ceci dit, nombreuses sont les Excellences qui veulent voir Alexandrie sans rien omettre… »

La procession revint au trot par la porte du Soleil, qui perçait une large brèche dans les murs de la cité, avec sa voûte en arcade surmontant les colonnes corinthiennes, et Caleb déclara :

« Nous approchons de la Colonnade et du Musée. »

Là, ce ne fut à nouveau que remue-ménage, cohue, hourvari et vacarme, cris, brouhaha et imprécations, foule, litières, cavaliers, piétons. Sous la Colonnade, c'était un même grouillement, en particulier d'étudiants, de philosophes et de femmes légères. Le soleil, au milieu de la rue, abaissait ses lueurs ignées, ce qui se traduisait par des flaques dorées de lumière, ainsi que des retombées d'ombre bleu pourpre, comme si un sable très fin eût tourbillonné à travers les couches de l'air. Là se trouvaient les coiffeurs et les barbiers, là se trouvaient les thermes, là se trouvaient les boutiques multicolores des tailleurs, et là les bijouteries chatoyantes, et là, derrière des tables, se tenaient les changeurs. Les jardins verdoyaient, à l'arrière desquels se devinaient les arcades du Musée. À côté, le gymnase et la palestre*.

« Votre Excellence visitera-t-elle le Musée ? » s'enquit Caleb, continuant de parader et de multiplier les évolutions de haute école sur sa jument sabéenne. Thrasyllus ayant marqué son intérêt pour cette visite, les touristes mirent pied à terre. Une foule immense s'était rassemblée pour les observer. L'oncle Catullus jeta des oboles aux gamins des rues, qui, roulant les uns sur les autres, en vinrent aux mains. Des mendiants s'approchèrent, autant vieillards, prophètes que vieilles femmes aux allures de sibylles, et Lucius lança au hasard quelques pièces.

Les coureurs et les gardes firent cercle autour des deux litières, de la jument et de l'âne, mais Caleb précédait déjà les voyageurs, se dandinant avec élégance sur les pointes de ses bottes de cheval rouges, balançant dans sa main le pan de son burnous. On eût dit qu'il ne cessait jamais de danser, qu'il fût à cheval ou à pied.

« Le Musée, expliqua Caleb, est, comme vos Excellences ne l'ignorent pas, l'Académie d'Alexandrie, que fonda la belle Cléopâtre.

— Ce n'est pas exact, chuchota Thrasyllus à l'oreille de son jeune maître, c'est Ptolémée Ier qui l'a fondé.

— Philosophes et savants versés dans toutes les sciences s'y consacrent à l'étude, entourés de disciples par milliers, venant de tous pays, mais tous, maîtres comme élèves, tirent le diable par la queue et ne possèdent en tout et pour tout… pas ça ! dit Caleb en faisant claquer ses doigts avec mépris.

— Le Musée nous a offert de grands savants, exposa Thrasyllus en termes plus élogieux : Euclide, Érasistrate, Diophante ; ensuite les poètes Théocrite, Aratos, Callimaque ; parmi les critiques : Aristarque ; parmi les philosophes : Amonios Saccas, père de l'éclectisme alexandrin…

— À cause de leur impécuniosité, dit Caleb en riant, cependant qu'il pénétrait par un portique dans les jardins du Musée et désignait de larges et dignes silhouettes en blancs manteaux occupées à aller et venir, tous ces doctes messieurs vivent d'un fonds d'État. Ce sont des parasites, ces doctes messieurs, mais quant à leur instruction, Excellences, je ne saurais en disconvenir : nulle part ailleurs vous n'en trouverez d'aussi instruits. Et il faut voir les livres qu'ils collectionnent ! C'est ce qui a fait la renommée de leur bibliothèque… Regardez, indiqua Caleb, c'est justement l'heure où ils vont déjeuner. S'y rendre plus tôt qu'aucune Excellence n'a coutume de le faire, voilà bien qui semble d'un philosophe ! En tant qu'étrangers, vous ne manquerez pas d'être intéressés par le spectacle de tant de savants et de philosophes à l'infinie sagesse, sans un sou vaillant, mangeant ensemble leur soupe noire. »

Les arcades du Musée dressaient leurs colonnes d'aplomb. Des statues se dressaient, à la mémoire d'innombrables et célèbres érudits, et une exèdre* s'étendait circulairement, qui accueillait bien souvent des discours. Les voyageurs pénétrèrent dans le *Cenaculum*, ou réfectoire, qui se distinguait par l'ampleur de ses dimensions et de son étendue. Savants et philosophes avaient pris place à de longues tables. Lucius fut frappé de constater qu'ils étaient assis et non couchés.

« Ce ne sont que des gens ordinaires, commenta Caleb, ils s'assoient juste un instant, le temps d'ingurgiter leur soupe. Ils n'ont rien de gastronomes, ils ne possèdent que leur instruction. Ils ont tout dans la tête, voyez-vous, Excellences, et rien dans leur escarcelle. Mais dans la tête, ça oui ! »

Un philosophe chargé d'ans s'approcha des étrangers. Frêle et chenu, il ressemblait, dans sa toge, à un roseau desséché. Il sourit et marmonna des paroles dans un premier temps incompréhensibles. Des plis de son habit, il extirpa une main crochue pour demander l'aumône, et Lucius lui offrit quelques pièces.

« La suprême philosophie consiste à.... se contenter de peu », énonça-t-il alors clairement dans un grec parfait, et il s'inclina, sarcastique, avant de poursuivre son chemin, parcouru de craquements, maigre comme un roseau sous son manteau sale.

« Quel effronté ! » s'indigna l'oncle Catullus.

Mais Lucius, lui, riait et embrassait du regard les longues tables autour desquelles mangeaient les hommes de science. Parfois, un mendiant s'approchait d'eux et ils lui donnaient leur pain et leurs fruits. Des chiens aussi tournaient en flairant, et les savants leur lançaient leurs restes, qu'ils engloutissaient goulûment. Il se trouvait même deux ibis, occupés à traverser le *Cenaculum* avec une noblesse bouffonne sur leurs hautes pattes, tout à picorer de-ci de-là, et s'ils contribuaient à la propreté du sol, leur incessante pollution ne laissait pas de donner à celui-ci une teinte blanche semblable à la chaux.

Les voyageurs revinrent vers leurs litières et au milieu des cris, jurons et invectives lancés à l'adresse des gamins des rues, parmi les claquements de fouet à l'encontre des mendiants, le cortège s'ébranla, alors que Caleb, par pure gratuité, cabrait sa jument et lui faisait traverser la rue au pas de danse, avec de gracieux mouvements des pattes antérieures.

C'est alors que, souriant de ses yeux noirs et de ses dents blanches, il se pencha de côté, pratiquement comme s'il eût glissé à bas de son cheval, et interrogea Lucius :

« Votre Excellence souhaite-t-elle voir la Sôma ? »

Oui, tel était le souhait de Lucius. Et par les jardins publics du *Bruchium**, longeant le *Paneum* – un monticule rocheux artificiel en forme de toupie ou de pomme de pin –, le cortège reprit son trot en direction de la Sôma, le tombeau des Ptolémée. Celui-ci était baigné d'une ombre fraîche de sycomores et de tamaris. Une longue allée de sphinx allongés, mâles barbus et femelles aux seins dressés, conduisait aux tombes pyramidales. Les voyageurs mirent pied à terre et le vieux prêtre-gardien se porta à leur rencontre...

« Ces illustres étrangers souhaitent voir le tombeau des Ptolémée, dit Caleb. Ce sont des Excellences, et nul doute qu'elles seront intéressées par la tombe d'Alexandre le Grand...

— La mort n'est qu'un assoupissement et une transition crépusculaire vers les Séjours de la Lumière Éternelle, répondit le prêtre-gardien. La grandeur terrestre est l'échelon périssable qui mène au palais impérissable d'Osiris, aux côtés de Qui trônent désormais nos défunts monarques, couronnés du pschent* et tenant à la main le sceptre au scarabée... Et la grande Isis leur est apparue, tel l'éclat de la Vérité, car, pour leur plus grand ravissement, Elle a soulevé son voile, en sorte qu'ils L'ont contemplée... La Vie n'est rien de plus qu'un Songe, la Mort est un Pont et l'Éternité est la Vie... »

Caleb s'avança, se dandinant sur les pointes de ses bottes de cheval rouges, et tendit la main, laissant le vieux prêtre discourir comme pour lui-même des vérités éternelles. Les tombes de granit, de porphyre et de marbre, couvertes d'hiéroglyphes, se haussaient à la dimension de temples pyramidaux. Le prêtre précéda les voyageurs, descendant quelques degrés. À l'intérieur, sous la voûte souterraine, les momies reposaient, invisibles, dans leurs sarcophages peints. Des lampes brûlaient sur leurs trépieds, des nuages odoriférants s'élevaient de vases et de plats, et sur des tables basses en bronze, de l'huile, du miel et des fruits emplissaient des récipients de verre finement colorés, tandis que dans des amphores, l'eau consacrée attendait l'heure de la Résurrection, où le revenu des morts serait baptisé dans la Vie nouvelle, authentique qu'est l'Éternité. Il régnait une atmosphère enivrante d'aromates, comme dulcifiés depuis longtemps déjà, et parmi ces vapeurs parfumées, écarquillés, fantomatiques, transfigurés, les yeux des effigies peintes sur les couvercles des sarcophages regardaient, droit devant eux, l'Avenir illuminé. Les effigies représentaient des monarques barbus et les portraits des souveraines couronnées d'ibis ; certaines effigies figuraient des enfants.

À travers les vapeurs aromatiques, les disques solaires, dorés et ailés, étincelaient entre les étreintes de serpents lovés se mordant la queue. Le saint Horus, fils d'Osiris et d'Isis, le resplendissant Rédempteur de l'Humanité, descendu avec miséricorde dans un monde voué au péché, combattait Typhon, le grimaçant Esprit du Mal. Il y avait là les effigies du dieu Apis, du dieu Rê, de Thot et d'Anubis, aux têtes d'ibis, de taureau et de chien.

Au sortir des tombeaux, ce fut l'ombre fraîche, vert argent des sycomores et des tamaris, et l'air pur du matin ensoleillé ne manqua pas de surprendre les visiteurs, comparé à l'atmosphère, suffocante et dulcifiée par les aromates, qui se rencontrait dans les sépulcres souterrains. Le prêtre-gardien s'immobilisa en face d'un temple pyramidal de marbre luisant. L'étroite porte de bronze, s'étrécissant vers le haut, était fixée à des pilastres cannelés aux chapiteaux en forme de lotus.

« Le tombeau d'Alexandre de Macédoine », déclama le gardien.

Ils entrèrent. Ici aussi brûlaient des lampes exhalant leurs arômes. Le nard dégageait une brume oppressante. Derrière une grille de bronze, sur un piédestal de basalte, reposait un sarcophage de cristal transparent, poli et gravé. Au travers de cet épais cristal, dans une lueur d'un vert aqueux, là où la flamme de la lampe se reflétait dans le verre, une momie étendue était visible. Elle reposait, telle la chrysalide d'un gigantesque papillon. Les baumes et les onguents prêtaient des teintes ligneuses au visage embruni qui fixait le vide de ses yeux de béryl. Ses cheveux et sa courte barbe étaient peints à l'or fin. Des bandelettes de diverses couleurs emmaillotaient le corps dans une gaine étroite. Les jambes étaient de même enserrées dans un fourreau d'or filigrané.

La momie gisait sur un matelas de byssus* rayé, la tête reposant sur un coussin, lui aussi de byssus. Il semblait que les lèvres écarlates, dans les dorures frisées de la barbe, dessinaient un rictus et que les yeux de béryl étaient remplis d'étonnement devant ce que leur découvrait l'Éternité.

« Voici la dépouille sacrée du Grand Alexandre, expliqua le prêtre. L'Histoire nous apprend que Ptolémée, fils de Lagos, ravit le cadavre du Héros et Conquérant à Perdiccas, qui le ramenait de Babylone en Macédoine en passant par l'Égypte, dans l'espoir de conquérir notre sainte patrie. À peine en Égypte, Perdiccas périt de la main de ses propres soldats sur une île que les troupes de Ptolémée avaient encerclée. Avec Perdiccas se trouvait la famille royale : la veuve d'Alexandre, Roxane, qui était enceinte, et ses jeunes enfants. Ils furent autorisés à s'embarquer pour la Macédoine, mais la dépouille du Grand Alexandre fut transférée à Alexandrie, où elle fut inhumée en grande pompe dans un sarcophage en or massif. Ce sarcophage fut dérobé par Ptolémée Parisactos, prétendant au trône d'Égypte, qui, surgissant de Syrie, fit irruption avec des troupes en grand nombre. La dépouille d'Alexandre, cependant, lui fut soustraite, puis placée dans ce cercueil de cristal… C'est ici qu'il repose… »

Les voyageurs étaient en contemplation. Lucius en particulier, grandement ému à la vue de cette dépouille presque tricentenaire, embaumée, emmaillotée, les pieds dans un fourreau d'or filigrané, les yeux de béryl fixant le vide, remplis d'étonnement… Cette chrysalide était-elle tout ce qui restait du Grand Alexandre, que l'oracle d'Amon avait promu fils d'Amon-Rê, fils du Soleil ?

Seul Caleb demeurait indifférent, se dandinant avec un petit rire, incrédule à l'authenticité de la dépouille d'Alexandre, auprès de laquelle il avait guidé tant d'Excellences déjà : Kardusi de Perse, et Baäbab de Mésopotamie…

« C'est en ce lieu qu'il repose, le Grand Alexandre… poursuivit le prêtre. Le stratège, le conquérant, le roi des rois, le fils descendu sur terre du dieu Soleil, Amon-Rê… Il ne devait vivre que trente-trois ans de cette vie terrestre. Mais cette Vie est un Songe, et la Mort est le Pont qui mène à la Vie qui est l'éternelle Réalité. L'âme a pris congé de cette enveloppe, embaumée au moyen de précieux onguents… »

Puis il ajouta, d'une voix différente :

« Pour des sommités telles que vous, ce ne sera qu'un statère d'or par personne…

— Je vous avance la somme, Excellence ! dit Caleb, souriant et s'inclinant avec grâce devant Lucius, sur quoi il paya le prêtre, qui reprit, la paume toujours tendue, où les pièces d'or scintillaient déjà :

— La libéralité est une grande vertu. Quiconque donne plus que ce qui lui est demandé se concilie la bienveillance de Thot, qui sème sur terre les faveurs de la fortune… »

Caleb acquiesça en ricanant de ses dents blanches et laissa tomber un demi-statère de plus dans la paume tendue du prêtre.

Les voyageurs sortirent du sépulcre. À l'extérieur, le matin ensoleillé, avec ses ombres argentées qui traversaient le foisonnement des tamaris et la bruissante ramée des sycomores, procurait un sentiment d'étrangeté.

Lucius était blême. Et il dit, s'adressant à Thrasyllus et à l'oncle Catullus :

« La Mort... La Mort... ! Elle est peut-être morte... Peut-être s'est-elle noyée dans la mer... et jamais nous ne retrouverons son corps ravissant pour l'embaumer...

— En tout cas, elle a disparu, Lucius, mon neveu, déclara l'oncle Catullus, tentant de le réconforter, cessons de penser à elle. Par tous les dieux, essaie de l'oublier : elle avait de larges poignets et de grands pieds... Lucius, sois raisonnable, à la fin ! Mets à profit ce voyage plein d'intérêt pour te divertir ! Aucune de nos matinées à Rome ne s'est révélée à ce point digne d'intérêt ! Nous avons vu un système d'ébouage idéal, nous avons entendu des vérités philosophiques et religieuses, nous avons même vu la momie d'Alexandre ! Mon cerveau est comme une éponge dégorgeant un trop-plein d'impressions nouvelles : c'est plus qu'il ne saurait en supporter ce matin. Le trop-plein de mon cerveau ne laisse pas de me rappeler que mon estomac est vide, aussi vide que ma poche quand ta libéralité oublie de renflouer ton vieil oncle. Mon cher Lucius, en voyage on se doit de ménager... ses forces. Je suggère à notre infatigable guide de rentrer à la maison voir si notre fidèle cuisinier, en notre absence, n'a point perdu de vue que, la Vie fût-elle un Songe, il n'est pas jusqu'aux morts et donc, à plus forte raison, jusqu'à ceux qui ne le sont point qu'il ne faille sustenter. Les morts se contentent d'huile, de miel et de fruits. J'ai hâte, quant à moi, de voir ce que les pieuses pensées de notre cuisinier ont réservé aujourd'hui aux vivants. »

Reprenant les jardins du *Bruchium*, le quartier du palais, et longeant l'Heptastade, le cortège repartit au trot en direction du grand *Diversorium*, ou pension pour étrangers, de maître Ghizla. Il se trouvait à proximité de la porte Canopique, dans un jardin ovale, derrière une haie de hauts agaves et de cactus. On y accédait par une porte flanquée de deux hermès. Là se trouvait le *janitor*, ou portier, et les voyageurs furent frappés de voir qu'un autre hermès, de marbre et muni d'ailes, couronnait l'architrave de la porte, également de marbre. Des caducées, ou houlettes d'Hermès, aux serpents entrelacés, étaient sculptés sur les pilastres de la porte, car le *Diversorium* était consacré à Hermès, et dans le quartier, on le nommait Maison d'Hermès.

Le *janitor* se leva et salua, s'étirant au point que ses mains touchèrent le sol. Maître Ghizla aussi, flanquant une statue d'Hermès au centre de son jardin, saluait de semblable façon, s'inclinant jusqu'à toucher le sol de ses mains.

La procession entra au trot et les voyageurs mirent pied à terre, à l'exception de Caleb, qui salua avec élégance et, toujours à cheval, murmura, penché à l'oreille de Lucius :

« Après la sieste, Excellence, je vous emmènerai où vous le souhaitez… Je vous procurerai tout ce que vous souhaitez… Pour l'agrément et le bien-être de Votre Excellence… Où vous le souhaitez et tout ce que vous souhaitez… La fortune vous soit prospère lors de votre repas… »

Ce qu'ayant dit, il cabra son cheval, se dressa sur ses étriers, agita son burnous, poussa un cri et ponctua son départ d'une fantaisie gracieuse.

Le *Diversorium* se composait de plusieurs constructions basses. Il hébergeait des marchands arabes et phéniciens, qui jetèrent des regards pleins de curiosités aux voyageurs, et qui étaient accroupis sur des nattes ou prenaient couchés leurs repas, que servaient des esclaves noirs. Cependant, maître Ghizla guida ses 'hôtes princiers' jusqu'à leurs propres pavillons. Vettius et Rufus accueillirent les voyageurs sur le seuil. Ils s'étaient mis en frais par leur diligence à faire transporter à dos de chameau et de mulet les meubles, les malles et les caisses. On avait étendu sur le sol un tapis babylonien et les lits réservés aux voyageurs étaient faits. Des statues de bronze et de marbre trônaient dans les coins de la chambre à coucher de Lucius – car nul personnage romain de goût n'eût voyagé sans objets d'art – et des parfums brûlaient devant les statues. Des rideaux étaient suspendus à des anneaux et des vêtements étaient disposés, pliés au carré, saupoudrés de fleurs odorantes, sur de longues tables basses en bois de sycomore. Des miroirs métalliques se dressaient sur des piédestaux de bronze. Sur des tables de bronze, on avait étalé, d'or rehaussé d'agates, toutes les brosses, les pincettes, les baguettes de parfum, tous les cruchons, les vases et les pots, emplis des cosmétiques, des onguents et des parfums indispensables à la toilette. Tous ces meubles et étoffes, œuvres d'art et objets de première nécessité provenaient du *navigium*, car les voyageurs de marque séjournant dans des pensions pour étrangers pourvoyaient les chambres de leur propre mobilier.

« Mon *Diversorium* offre toutes les commodités imaginables et le confort dernier cri, Excellence, vanta Ghizla. Ce que toute Excellence réclame de nos jours, conclut-il. » Il souleva un rideau, qui ourlait le lit de Lucius. Et en effet, on trouvait sous un velum* une vasque de marbre, équipée de robinets.

« De plus, Excellence, si vous me permettez d'attirer votre attention sur le dernier cri en matière de confort... »

Lucius, dont la curiosité avait été excitée, s'approcha, imité par l'oncle Catullus et le pédagogue. Fièrement, maître Ghizla souleva de nouveau un rideau et, d'un geste, il exhiba un petit trône de marbre, un siège ouvert de forme arrondie, flanqué de deux colonnettes ioniques. Puis il fit signe aux voyageurs de regarder à l'intérieur du trône : sous ce dernier fluait, murmurant, le ruisselet limpide du canal d'écoulement.

« Qu'en dites-vous, Excellences ! Même le légat n'est pas si bien installé ! Pas de mauvaises odeurs, comme dans tant de riches habitations : l'eau courante et plus loin... le canal Canopique...

— On aurait peine à se représenter davantage de beauté, Maître Ghizla, dit l'oncle Catullus, et c'est vrai : au lieu de mauvaises odeurs, c'est une exquise émanation que capte mon odorat...

« — Elle monte des cuisines, Excellence, répondit maître Ghizla. Et voici votre *Triclinium*... »

Ce que maître Ghizla désignait d'une si pompeuse appellation n'était autre qu'une pièce agréable, spacieuse, aérée, pourvue de rideaux protégeant du soleil, accrochés entre des colonnes, et comme Lucius y entrait, il fut accueilli par une musique de harpes... En effet, toute la 'famille' du jeune et riche Romain était déjà sur place, disposée sur deux rangs, à l'attendre : Vettius et Rufus, Tarrar, le petit esclave noir et tous ses esclaves des deux sexes, un équipage complexe sans lequel l'existence devenait inconcevable pour un Romain de marque, même – et surtout – en voyage. Et au milieu des femmes esclaves se trouvait l'esclave grecque de Cos, Cora, en compagnie de deux autres harpistes, et elles déployaient de longues gammes qui s'égrenaient de leurs cordes, pendant que Cora interprétait un bref chant de bienvenue pour son gracieux maître. De l'encens brûlait sur des plateaux. Deux lits de table en forme de S sinuaient autour d'une table basse de forme circulaire, recouverte d'une nappe jaune et blanc, déjà chargé de verreries jaune et blanc et de céramiques aux reflets dorés. Une petite fontaine parfumée de verveine jaillissait au centre d'une coupe de lotus bleus.

Lucius assura Vettius et Rufus de sa satisfaction : il était pour ainsi dire chez lui. Catullus ayant affirmé mourir de faim, il convia ce parasite d'oncle, qui l'avait si souvent diverti d'une boutade, à s'étendre, s'étendit lui-même et fit signe à Thrasyllus, son ami et pédagogue affranchi, de prendre place à ses côtés, sur un escabeau, car, bien que Thrasyllus partageât les repas de son élève, il n'en demeurait pas moins son inférieur et mangeait assis. Tarrar et trois femmes esclaves assuraient le service, tandis que Cora et les deux harpistes pinçaient sur leurs cordes une douce mélodie ou se livraient à une gestique rythmée, une brève danse des voiles, une petite pantomime.

L'oncle Catullus se montra ravi qu'on ne lui servît point d'huîtres et de paon rôti : pour ce premier repas exotique, le cuisinier de Lucius s'était surpassé avec, comme hors-d'œuvre, de la pastèque au poivre baignant dans une sauce au vin glacée, accompagnée de pain d'épices égyptien appelé *caces*. Puis furent servis de jeunes thons garnis d'œufs et d'olives farcis ainsi que de chanterelles finement hachées. Ensuite vint un cochon de lait, entre des pains de fruits et des concombres farcis. Et pour finir, une tarte au miel, nappée d'une crème de dattes dénoyautées parfumées de cannelle. Le tout arrosé du fameux vin de Maréotis, épais comme l'encre, pourpre comme la cire fondue, que maître Ghizla en personne servait dans une amphore attiédie par le soleil et de la liqueur éthiopienne, jaune topaze, de Napata, qu'il versait goutte à goutte dans des gobelets emplis de neige, et qui exhalait un arôme évoquant des roses imprégnées de silphium*.

L'oncle Catullus y trouva son content. Lucius aussi fit honneur au repas, pour intenses que fussent la souffrance et le désir de son cœur. Thrasyllus, quant à lui, ne se départit pas de sa pondération coutumière. C'est alors qu'une somnolence légitime s'empara des trois voyageurs, qui trouvèrent abri derrière leurs rideaux afin de s'accorder quelque repos.

41

IV

Mais Lucius ne dormit pas. Une fois qu'il fut seul, sa douleur et son affliction le mirent au supplice. D'un coffret, il fit surgir une sandale, une sandale de femme, petite – quoi qu'eût pu en dire l'oncle Catullus –, de cuir bleu reliefé d'or, la seule trace qu'Ilia eût laissée derrière elle. Il baisa la sandale, poussa un gémissement et, réduit à l'impuissance, il s'allongea, serra les poings et demeura immobile, prostré, à fixer le vide.

Il était absorbé dans ses pensées quand tout à coup, il frappa le gong et commanda à Tarrar, comme celui-ci entrait, avec des manières révérencieuses des plus bouffonnes :

« Va me chercher Caleb et ramène-le-moi. »

Le petit esclave ne fut pas long à revenir. Il introduisit Caleb, qui s'approcha, se répandant en gracieux salamalecs. Tarrar laissa son maître en tête à tête avec le Sabéen.

« Caleb, dit Lucius, assieds-toi et écoute attentivement… J'ai besoin que tu me conseilles.

— Votre fidèle serviteur écoute, Seigneur, déclara Caleb en prenant place sur un escabeau.

— Caleb, poursuivit Lucius, je ne suis pas venu en Égypte à seule fin de contempler les curiosités qu'offre le pays. Je suis aussi venu dans un autre but. Il y a en Égypte des oracles mystérieux. Dans le désert vivent des prophètes et des sibylles, dit-on.

Or, je désire savoir une chose. Je désire savoir où se trouve une personne qui m'est chère et qui est séparée de moi. Je veux consulter les oracles, les prophètes et les sibylles. Tu dois me guider. Et ne souffler mot de ceci ni à mon oncle ni à mon pédagogue, car ils n'approuvent pas les tentatives que je veux entreprendre pour retrouver cette personne chère. Sois mon guide, Caleb, et je te récompenserai.

— Je serai votre guide, Seigneur, répondit Caleb, et cette nuit-même je vous guiderai...

— En quel lieu ?

— Chez la sibylle de Rhacôtis, une vieille sorcière qui sait tout...

— Nous nous y rendrons seuls, et en secret...

— C'est entendu, Seigneur, personne ne nous accompagnera... Si je puis me permettre : que diriez-vous, après votre sieste, de prendre un sorbet frais ? Ou de vous divertir à examiner ce que les camelots, qui ont justement choisi ce jour pour faire halte au *Diversorium*, ont ramené de pays étrangers fort lointains et proposent à la vente ? Je ferai préparer le sorbet et prévenir les marchands, Seigneur... Et cette nuit, je vous guiderai à travers les ruelles de Rhacôtis. Nous irons seuls, Seigneur, et personne ne sera au courant de notre équipée nocturne. »

Caleb disparut. Tarrar écarta les rideaux. En face de la chambre à coucher se trouvait un portique, et l'ombre verte de la palmeraie tombait encore à l'intérieur de la pièce. L'oncle Catullus dormait toujours, mais Thrasyllus, attablé sous un palmier, parcourait déjà ses guides de l'Égypte. Les récits merveilleux et fantastiques d'Hérodote fascinaient l'esprit, tout naturellement enclin au fantastique, du vieux pédagogue. Mais Thrasyllus goûtait aussi les descriptions plus sobres du docte Ératosthène, le bibliothécaire de Ptolémée Évergète, qui avait vécu trois siècles auparavant et avait été astronome, philosophe et géographe. Il aimait à consulter ses cartes magnifiques, que personne encore n'avait perfectionnées, et qui consistaient en de lourds parchemins déployés devant lui sur la table. Le pédagogue suivait sur ces cartes le cours du Nil, tracé au cinabre, remontant jusqu'en Éthiopie et jusqu'aux sources mystérieuses du fleuve sacré…

Oui, Ératosthène était bien le guide le plus respectable. Quand, dans sa quatre-vingt-deuxième année, il avait perdu la vue, il s'était laissé mourir de faim… Thrasyllus le vénérait comme un martyr de la science. Mais le pédagogue consultait également Artémidore* et Hypsicrate*, car il entendait être parfaitement renseigné sur le pays qu'il s'apprêtait à visiter, ce pays mystérieux à l'histoire séculaire et à l'art prodigieusement colossal. Il ne dédaignait pas pour autant les écrits tout à fait modernes de son contemporain Strabon* : ce qu'un contemporain relatait à propos d'un pays pouvait en définitive se révéler la chose la plus importante sur le plan de l'utilité pratique et de la fraîcheur des impressions nouvelles…

Ainsi donc Thrasyllus était-il assis sous son palmier, devant une table parsemée de papyrus déroulés. À côté de lui, serrés dans un fourreau, se trouvaient d'autres rouleaux, et son doigt suivait le Nil tracé au cinabre. Lucius, sous le portique, lui adressa un sourire bon enfant, un sourire d'approbation. Cependant, précédés de Caleb, les camelots arrivaient par le jardin. C'étaient des Indiens, des Sabéens, des Arabes, des Phéniciens, et leurs esclaves trimballaient sur leurs épaules, aux extrémités de palanches flexibles, leurs lourdes balles de marchandises. Les marchands s'accroupirent avec force salamalecs devant le riche Romain, s'inclinèrent à ras de terre et baisèrent le sol qu'avait foulé son pied, avides, tous autant qu'ils étaient, de réaliser, en vendant à un tel voyageur de marque leurs denrées exotiques, un gain plus substantiel qu'à l'ordinaire. Les Phéniciens firent étaler par leurs esclaves des tapis de damas, mais Lucius les considéra avec dédain, et les Phéniciens remballèrent aussitôt leurs médiocres tapis. Toutefois, ils n'en restèrent pas là et se mirent à exposer des broderies de Ninive et de Tyr. Lucius pâlit quelque peu, car il pensait à Ilia.

Tout était d'une grande beauté de teinte et d'une grande originalité de dessin.

« Fais venir l'oncle Catullus », ordonna Lucius à Tarrar, qui était accroupi à côté de lui, comme un petit singe fidèle.

Tarrar se rendit en grand-hâte chez Catullus, qui ne tarda guère à se présenter, se frottant des yeux encore bouffis de sommeil, drapé dans une ample simarre d'intérieur en soie. Ses cheveux gris s'échevelaient autour de son crâne dégarni.

« Mon oncle, dit Lucius en aparté, examinez donc ces broderies de Tyr et de Ninive... Je les veux... Marchandez... »

L'oncle Catullus, en effet, savait y faire en matière de marchandage. Il commença à faire la grimace devant les broderies. Aussitôt les marchands poussèrent des cris, levèrent les bras au ciel et invoquèrent tous les dieux. Mais l'oncle Catullus hocha la tête d'un air de dédain et déclara :

« Non, pas question d'acheter cette camelote. Montrez-moi autre chose... »

Alors, les Phéniciens montrèrent des vases en or de Tartesse, cependant que les Arabes proposaient des parfums et des aromates de Jeddah et de Zebid. Les Sabéens exhibèrent de merveilleuses amulettes, celles qui procurent bonheur et songes délicieux. Les Indiens produisirent des serpents apprivoisés et dressés qui avaient tout l'air d'animaux domestiques. Leur tête était incrustée d'une petite sardonyx*, laquelle s'était incrustée dans leur peau écailleuse, et ils dansaient sur la pointe de leur courte queue pendant que les Indiens jouaient de la flûte. C'étaient de charmantes petites bêtes, et elles ne coûtaient pas plus d'un statère la pièce, avec la cassette d'ébène où les garder. Lucius, qui s'impatientait, les acheta sur-le-champ, conforté dans son choix par le fait que Tarrar était tombé sous leur charme et surveillait, accroupi et ricanant, les serpents qui dansaient et s'entortillaient les uns autour des autres.

Finalement, un marchand mongol se présenta, le visage jaune pâle, les yeux fendus au point qu'on les eût crus fermés. Les cheveux qui encadraient son crâne rasé se terminaient en une natte de soie pourpre ornée d'une houppe. Le marchand proposa des petites boules noires à fumer dans des pipes particulières. Il pria Lucius d'accepter à titre gracieux une pipe et un sachet de soie jaune qui contenait quelques-unes de ces petites boules, et de fumer ces dernières à l'occasion. La griserie qu'elles procuraient était de nature très particulière, précisa le marchand...

Pendant ce temps, l'oncle Catullus avait fait tant et si bien qu'il avait trouvé moyen d'acquérir les broderies de Tyr et de Ninive pour un prix véritablement modique. Il les offrit à son neveu, qui, cela va sans dire, les paya à sa place.

Mais une fois que Lucius les tint en main – elles représentaient des lions assyriens et d'étranges licornes cousus sur des bandes étroites –, il se fit triste et dit :

« Que suis-je censé en faire ? Naguère je les aurais offertes à Ilia, qui en eût liseré sa stola*... Tarrar, range-moi ces belles broderies, avec les boulettes mongoles et tout ce bric-à-brac que je n'ai acheté qu'à mon corps défendant : les vases en or et les amulettes sabéennes...

— Et les charmants petits serpents ? demanda Tarrar, les yeux pétillants.

— Tu peux les garder... et jouer avec », dit Lucius négligemment.

Sur ces entrefaites, Caleb avait fait servir les coupes de sorbet. L'oncle Catullus s'en montra particulièrement friand et se dit que le cuisinier de Lucius ferait bien de consigner par écrit cette recette égyptienne. Mais Lucius donna sa coupe à Tarrar, qui plongea ses petits doigts noirs dans le sorbet et se mit à les lécher goulûment.

V

La nuit était tombée sur la ville, une nuit sombre, sans étoiles. Derrière le *Diversorium*, Lucius et Caleb montèrent dans une petite litière peu voyante, afin de ne pas attirer l'attention. Caleb s'assit aux pieds de Lucius, ses propres jambes pendillant hors de la litière. Celle-ci fut soulevée par quatre robustes Libyens, qui se disposèrent à partir au trot.

« Avez-vous votre poignard, Seigneur ? » demanda Caleb.

Oui, Lucius avait un poignard passé à sa ceinture.

« Et avez-vous les amulettes sabéennes sur vous ? »

Effectivement, Lucius s'était passé autour du cou les amulettes dont il avait fait l'acquisition. Caleb avait pleine confiance en ces talismans de son pays : les amulettes avaient le pouvoir de conjurer tout malheur. Caleb, du reste, ne se déplaçait jamais sans de telles amulettes, sur sa poitrine, autour de sa taille, voire accrochées à un bracelet d'or passé autour de sa cheville.

En grand-hâte, les porteurs traversèrent le *Bruchium*, puis longèrent le Gymnase et le Musée comme si quelqu'un était sur leurs talons. Sur une place en contre-haut du grand port, Lucius parcourut les quais du regard et passa en revue les différents ports. Des feux et des signaux jetaient des lueurs rouges, jaunes et vertes sur une cohue et un déploiement diapré de bateaux ainsi que sur une foule grouillante. Mais, pour Lucius, la merveille, c'était le fanal de Pharos. Les neuf étages du haut monument de marbre, comme autant de cubes empilés les uns sur les autres, allaient s'étrécissant à mesure de leur élévation, se terminant par une manière de coupole, où un tas de charbon incandescent se réfléchissait dans d'immenses miroirs et réflecteurs qui tournaient sans discontinuer, si bien que de larges et éclatants rais de lumière fondaient depuis la tour de Pharos sur les ports, qu'ils illuminaient avant de disparaître dans le lointain de la nuit noire... Parfois, les larges faisceaux lumineux effleuraient le haut pont en marbre de l'Heptastade, qui menait au fanal proprement dit, et qui, pour l'heure, grouillait de femmes et de promeneurs.

« Seigneur, murmura Caleb, que diriez-vous de descendre ? De vous promener à cet endroit ? Les plus jolies femmes d'Alexandrie y déambulent et vous... vous n'avez que la main à tendre pour qu'elles soient toutes à vous ! »

Lucius secoua la tête.

« Je veux me rendre chez la sibylle, ordonna-t-il.

— Votre Excellence est malade, dit Caleb. Votre Excellence est malade de désir et de vaine langueur... Les jolies femmes d'Alexandrie guériraient votre Excellence... Elles m'ont souvent guéri, quand j'étais malade de désir et de langueur...

— Quel était l'objet de ce désir et de cette langueur, Caleb ?

— Mon pays... Saba... Saba, Excellence : le plus beau et le plus doux pays du monde, qu'il m'a fallu quitter... pour affaires, Excellence... Pour affaires, car au pays de Saba, on ne fait pas d'affaires... »

Les quatre porteurs maintenaient leur trot. Ils longeaient à présent le temple séculaire de Sérapis, le *Sérapeum**. Celui-ci s'étendait, sombre et gris, avec ses terrasses en contrebas de l'Acropole, tandis que quantité d'autres sanctuaires, sombres eux aussi, gris, mystérieux, ordonnaient leurs obélisques surmontés d'un pyramidion autour du temple immense.

« Ces sanctuaires sont désertés, Excellence, déclara Caleb, on n'y célèbre plus aucun culte. Même le *Sérapeum* est déserté, au profit du temple de Sérapis à Canope… Et les Alexandrins d'aujourd'hui font peu de cas de tout ce quartier sacré depuis qu'on a institué les jeux quinquennaux à Nicopolis… Tous ceux qui veulent vénérer Sérapis se rendent à Nicopolis et à Canope… Nous nous y rendrons aussi, Excellence, et vous y rêverez des rêves lourds de signification, sur le toit du temple… Voyez, Excellence, nous arrivons à Rhacôtis… »

Les porteurs au trot venaient de quitter les quartiers aristocratiques et se hâtaient de s'engager dans une rue plus étroite et plus sombre.

« Il vaut mieux descendre ici, Excellence, et marcher, dit Caleb. Nous retrouverons notre litière plus tard. »

Lucius et Caleb mirent pied à terre. Encore qu'à peine éclairée, la rue grouillait de monde, y compris de matelots ivres et de femmes batailleuses.

« Ici, Excellence, cela ne ressemble guère à l'Heptastade, ni au lac Maréotis. C'est un lieu de plaisir pour le peuple, les soldats et les matelots. On y joue du couteau pour un oui ou pour un non. Et même si ce ne sont que galetas et gargotes, tout étranger qui veut connaître Alexandrie vient ici… Regardez, nous voici rendus, Excellence. C'est ici… »

Par un réseau de ruelles et de venelles, ils avaient débouché sur une place, à l'un des coins de laquelle un vieux et pauvre philosophe était occupé à discourir et à prêcher.

Autour de lui se regroupaient soldats, matelots et jeunes filles, tout oreilles à découvrir ce qu'il disait de la vraie sagesse. Lorsqu'il tendit la main pour recueillir son aumône, deux soldats lui donnèrent quelques piécettes de cuivre, mais les autres, en riant, lui jetèrent à la tête des légumes pourris. Il prit la fuite et disparut, poursuivi par des chiens jappeurs, qui mordaient le pan de sa toge déchirée.

« Que diriez-vous de voir danser les garçons syriens, Excellence ? demanda Caleb, l'œil pétillant.

— Je veux me rendre chez la sibylle, dit Lucius.

— Mais Excellence, insista Caleb, tous les étrangers viennent voir danser les garçons syriens ! Et les Alexandrins euxmêmes raffolent de ces jeunes Syriens. C'est ici, Seigneur, et l'entrée ne coûte que deux oboles par personne... »

Avec une légère brusquerie, Caleb poussa le jeune Romain à travers la foule compacte et malpropre qui affluait dans un local bas de plafond, où flottaient les épaisses vapeurs de lampes à huile et les haleines chargées d'ail. Une foule trépignante s'agglutinait, dans laquelle se retrouvaient soldats, matelots et débardeurs, ainsi que des femmes de Grèce et d'Arabie, qui s'empressèrent incontinent autour de Caleb et de Lucius, et tentèrent de les entraîner à leur suite. Juchés sur une estrade et accompagnés par un cliquetis de crotales* et la stridence des flûtes, les garçons syriens dansaient...

« Nous sommes arrivés juste à temps, Seigneur », dit Caleb, dont les yeux de jais se mirent à scintiller de plaisir.

Sur l'estrade, les jeunes Syriens mimaient le mythe d'Adonis. L'un d'entre eux, qui figurait Adonis, gisait sur une sorte de catafalque, et le sang coulait de son flanc percé. Un autre, perruqué en Vénus, svelte et souple, mimait le désespoir de la déesse à grand renfort de gestes et de mouvements hiératiques et saisissants. D'autres garçons incarnaient les femmes de Byblos* et se lamentaient autour de la dépouille d'Adonis. Ils tendaient leurs bras fluets et paraissaient embaumer les membres d'Adonis à l'aide d'onguents bienfaisants, hélas en vain. Vue au travers de ces vapeurs de lampes et d'haleines, leur représentation atteignait à une perversité aiguë et à une beauté étrangement grisante. Sur la musique funèbre – une plainte perçante, stridente comme une voix de fausset –, la danse de ces membres lacés dans d'étroits corsets, jeunes et fluets, bisexués, s'épanouissait jusqu'à évoquer un temple syrien aux reliefs vivants et mouvants, animés d'un souffle, cependant qu'Adonis demeurait inerte, mort, gisant à la renverse dans le sublime abandon de son corps de chasseur, jeune, musculeux, strié, et le sang de son flanc ne cessait de couler… À cette vue, les spectateurs poussèrent des cris de plaisir…

« Bien ! Bien ! Bravo ! » s'exclama Caleb, faisant chorus.

Lucius était lui aussi impressionné par ce qu'il voyait dans ces bas-fonds d'Alexandrie : une beauté offerte, pour le prix de quelques oboles, au vulgaire ; certes une beauté tenant de la corruption, mais une beauté de ligne et de mouvement digne du théâtre impérial. Soudain, ce fut une efflorescence de hautes anémones, une façon d'apothéose : Adonis renaquit dans l'Olympe et Vénus l'enlaça en une danse exultante, soulignée par la stridence des flûtes et le tapement sur des gongs de bronze…

L'apothéose agréa moins au goût de Lucius, car le spectacle s'intoxiquait d'une sensualité plus effrontée, et ce fut au tour de Lucius d'entraîner Caleb.

« Je veux me rendre chez la sibylle, reprit Lucius, impatienté.

— Nous sommes à deux pas de sa demeure, Seigneur », lui assura Caleb, qui continuait de jeter des regards à la ronde et de s'exclamer : « Bien ! Bien ! Bravo ! »

Ils ne furent pas éloignés de devoir batailler pour se frayer un passage à travers la foule. Les hommes poussaient des jurons parce qu'ils jouaient des coudes, et les femmes se jetaient à leur cou. Caleb dégaina son poignard et se fit menaçant. D'autres couteaux furent aussitôt dégainés. Ce fut un vacarme de cris enragés. Mais ils réussirent à atteindre la sortie sans effusion de sang. Comme on représentait un second mythe – une farce : Jupiter et Alcmène –, les spectateurs s'entassaient à présent et, debout, regardaient, exorbitant des yeux avides…

« Je veux me rendre chez la sibylle », reprit Lucius une fois dans la rue, haletant, et, les poings serrés, il mit en fuite deux femmes qui se cramponnaient à ses bras.

Tous deux se hâtaient maintenant, dépassant les lupanars ouverts et les tavernes aux relents d'alcool de grains. Caleb s'arrêta devant une petite porte étroite et frappa. Une jeune fille grecque ouvrit, jolie et fine comme une figurine de Tanagra*, avec de très grands yeux noirs.

« Hérophile est-elle là ? demanda Caleb. Un étranger de marque souhaite la consulter.

— Je la préviens », répondit la jeune fille.

Ils entrèrent. C'était une toute petite chambre, très étroite, avec un rideau. Émergeant de derrière celui-ci, une femme apparut. Elle était drapée d'un voile blanc, comme un fantôme. Elle portait une petite lampe à huile en terre cuite. On eût été en peine de décider si elle était jeune ou âgée.

« Désirez-vous connaître l'Avenir ? interrogea-t-elle d'une voix caverneuse.

— Non, dit Lucius. Ce sont le Passé et le Présent que je désire connaître. Je désire savoir où se trouve Ilia, et de quelle manière elle a disparu de ma demeure. Voici la sandale qu'elle a abandonnée, la seule trace qui subsiste d'elle... Si... elle est morte... pouvez-vous la faire apparaître, que je l'interroge ?

— Oui, répondit la sibylle. J'en ai le pouvoir. Car je suis la descendante de la sorcière d'Endor*...

— Qui était-elle ? voulut savoir Lucius.

— ... qui fit apparaître Samuel devant Saül...

— J'ignore tout de ces derniers, dit Lucius.

— Et je compte également au nombre de mes aïeules celle dont je m'honore de porter le nom : Hérophile d'Érythrée...

— Qui était-elle ? demanda Lucius.

— ... qui était la gardienne du sanctuaire d'Apollon Sminthée, le divin tueur de rats, qui prédit à Hécube* le malheur que lui causerait son fils Pâris*, qu'elle portait en son sein...

— J'ignorais tout d'elle, reprit Lucius. Dites-moi... si Ilia est morte... »

La sibylle pressa la chaussure de cuir bleu contre son cœur, tandis que de son autre main elle pressait le front le Lucius.

« Elle n'est *pas* morte ! s'écria-t-elle dans un ravissement.

— Elle n'est *pas* morte ?

— Non, Ilia vit.

— Où… ? Où est-elle ? »

La sibylle, en transe, murmura des mots inintelligibles.

« Elle apparaît… elle apparaît… » balbutia-t-elle.

Tout à coup, derrière elle, le rideau s'écarta. Il n'y avait là qu'un trépied fumant. Une épaisse vapeur emplit la pièce et s'éleva en volutes, comme formant un lourd rideau…

« Elle apparaît… elle apparaît… » ne cessait de balbutier la sibylle.

Lucius regardait, le souffle coupé.

Soudain, flottant parmi ces vapeurs, une silhouette se profila… comme celle d'une femme délicate, menue et fluette, une ombre allant et venant…

« Je la vois ! s'exclama Lucius. Ilia ! Ilia ! Parle-moi ! Reviens-moi ! Je ne puis vivre sans toi ! »

Déjà la vision s'était dissipée. La fumée s'évaporait sous la forme d'un nuage. Les rideaux se refermaient.

« Il est difficile, disait la sibylle d'une voix éteinte, de retenir le corps astral des vivants au-delà du seul moment de leur apparition. Je puis pour vous évoquer les morts plus longtemps. Mais Ilia n'est pas morte !

— Où est-elle en ce cas ? » s'écria Lucius.

La sibylle pressait maintenant la sandale contre son front et appuyait son autre main sur le cœur de Lucius.

« Je la vois, déclara la sibylle. Elle est étendue sur un navire, sans connaissance… La mer est démontée… Des hommes frustes, barbus se hâtent de l'emporter au loin…

— Elle a été enlevée ! s'écria encore Lucius. Est-ce par des pirates ?

— Oui… » s'écria à son tour la sibylle, et elle s'évanouit.

La jolie jeune fille grecque parut et dit :

« Cela fera un demi-ptolémée, en or… »

Caleb paya.

Lucius, au désespoir, baissa les yeux sur la sibylle sans connaissance.

« Demain soir, Seigneur, dit mélodieusement la jeune fille grecque, Hérophile pourra vous en dire davantage sur l'endroit où Ilia a été emmenée par les pirates… »

Mais Lucius serrait les poings. Écumant d'une rage soudaine, il lança, hors de lui :

« Elle s'est contentée de lire *ma propre pensée* ! Pas davantage ! Pas davantage ! »

Il regarda autour de lui comme un forcené. Il dégaina son poignard, se disposant à fondre sur le corps sans connaissance de la sibylle.

« Seigneur ! Seigneur ! » hurla Caleb, le ceinturant de ses bras robustes.

La jeune Grecque, qui se tenait devant la femme évanouie, tendit le bras, s'indignant :

« Gardez-vous d'assassiner une sainte femme, Seigneur ! Gardez-vous d'assassiner une pauvre, une sainte femme ! »

Et tandis qu'elle se dressait de la sorte, Lucius vit qu'elle ressemblait à l'ombre d'Ilia, et il éclata en sanglots.

VI

Ce furent des jours sombres. Lucius, étendu sur sa couche, sanglotait comme un enfant, se dressait brusquement, dans des transports de fureurs, lacérait ses vêtements, brandissait un escabeau et le précipitait contre une statue de marbre qui s'effondrait en mille morceaux. Il mettait Thrasyllus à la porte, tandis que l'oncle Catullus demeurait à l'écart. Lucius en était arrivé à projeter Tarrar contre une table, et la chute du petit esclave lui avait occasionné une profonde entaille. Caleb, qui s'entendait à procurer des soins, avait lui-même pansé Tarrar.

Dans la palmeraie, les colporteurs, en proie à l'anxiété, chuchotaient au sujet du riche Romain qui se consumait de douleur, et l'oncle Catullus faisait chorus. Thrasyllus se consolait en visitant les bibliothèques du Musée et du *Sérapeum*. Lucius était devenu réfractaire à toute musique. Il ne quittait plus le lit, ne mangeait plus, ne dormait plus. Il offrait le spectacle d'un jeune homme mal rasé, les joues maigres et les yeux caves, comme d'un être affligé d'un mal pernicieux.

Oui, ce furent des jours sombres. Le charme premier d'Alexandrie s'était envolé, et Lucius maudissait son voyage, la vie entière et tout un chacun. Dans cet état de consomption sans issue, il geignait, sanglotait, fulminait. Dans le voisinage de sa résidence, maître Ghizla imposait le silence et le calme. Il n'était pas une sandale pour craquer, pas une voix pour retentir…

Lucius prêtait une oreille attentive à ce silence. C'était après le dîner, que l'oncle Catullus avait pris en compagnie du seul Thrasyllus. Et dans l'ardeur de cette quiétude solaire, dans l'embrasement de ce mois estival, tout à coup, Lucius entendit un enfant qui sanglotait.

Il se leva. Les sanglots partaient du jardin, derrière la maison. Lucius souleva le rideau et se mit à chercher du regard. Il découvrit, prêt à répondre au coup de gong de son maître, Tarrar, qui se tenait à croupetons, tel un petit singe, dans son pagne bigarré. Autour de sa tête, un morceau de tissu faisait office de bandage. Il pleurait, exhalant de brefs soupirs, comme s'il éprouvait un grand chagrin.

« Tarrar ! » appela Lucius.

Le petit esclave sursauta.

« Seigneur ! » s'exclama-t-il, se levant et s'approchant avec une déférence comique, sans cesser de sangloter.

« Tarrar, l'interrogea Lucius, pourquoi pleures-tu ? Est-ce parce que tu as mal ?

— Non, Seigneur, dit Tarrar. Je vous en demande pardon, Seigneur : je n'ai pas le droit de pleurer en votre auguste présence. Je vous demande humblement pardon, Seigneur. Mais je pleure parce que… parce que… j'ai tellement de chagrin.

— Et pourquoi as-tu du chagrin ? Parce que je t'ai frappé ? Parce que tu as mal ? Parce qu'en tombant tu t'es fait un trou à la tête ?

— Non, Seigneur, dit Tarrar, tentant de reprendre contenance. Pas parce que vous m'avez frappé. Je suis votre petit esclave, Seigneur, et il vous est loisible de me frapper. Pas non plus parce que j'ai mal, Seigneur… Ce n'est presque plus enflammé, à présent, car ce matin, Caleb m'a appliqué un onguent bien frais… Le trou n'est pas non plus si profond, et quand la blessure sera guérie, la cicatrice me rappellera que je vous appartiens, Seigneur, et que je suis votre petit esclave…

— Mais alors, pourquoi pleures-tu, Tarrar, et pourquoi as-tu du chagrin ? questionna Lucius.

— Je pleure, Seigneur… commença Tarrar, parce que… »

À cet instant, ce petit singe, que son respect à toute épreuve rendait si comique, ne put se contenir davantage et éclata en sanglots.

Lucius posa la main sur sa tête frisée.

« Pourquoi pleures-tu, mon enfant ? insista Lucius.

— Parce que les petits serpents ne veulent plus danser ! répondit Tarrar au désespoir, la voix entrecoupée de sanglots. Parce qu'un des serpents est mort et que l'autre a disparu ! Il s'est glissé hors de sa peau et l'a abandonnée ! Parce que, malgré toute la peine que je me suis donnée pour jouer l'air magique sur ma flûte – dans le jardin derrière la maison, pour ne pas faire de bruit et ne pas vous déranger, Seigneur –, les petits serpents n'ont plus voulu danser, comme quand c'était le marchand qui jouait ! Et parce qu'à présent, Seigneur, un des serpents est mort et que l'autre s'est glissé hors de sa peau ! »

Et Tarrar, accablé de désespoir, éclata de plus belle en sanglots. Il montra à son maître le serpent et la caissette d'ébène, hors de laquelle, telle un petit ruban, pendait une peau, un petit morceau de verre collé à l'endroit de la tête.

Lucius eut un sourire mélancolique. Tout comme Tarrar, ne cédait-il pas lui-même au désespoir parce qu'on lui avait détraqué son jouet ? Il dit :

« Viens avec moi, Tarrar… »

Prenant le petit esclave par la main, il le mena dans sa chambre.

Il s'assit, et Tarrar se tint debout face à lui.

« Tarrar, je me repens de t'avoir fait si mal. Pardonne-moi, Tarrar… »

Mais Tarrar hocha la tête en signe de refus.

« Ce n'est pas à moi de vous pardonner, déclara-t-il gravement avec de grands yeux humides. C'est vous qui êtes le maître…

— Tarrar, poursuivit Lucius, lorsque nous serons de retour
à Rome, tu seras libre. Je t'accorderai tes patentes de manumission. Tu cesseras d'être un esclave. Mais il te faudra aller à l'école,
le *pædagogium* pour affranchis, et apprendre toutes sortes de
choses, devenir aussi intelligent que Thrasyllus. Je te donnerai de
l'argent et tu seras libre de faire tout ce qui te plaît. »

Tarrar parut quelque peu décontenancé.

« C'est très aimable à vous, Seigneur, dit-il. Mais si je vais à
l'école, qui repliera vos habits ? Qui attendra le coup de gong ?
Vous ne me chassez tout de même pas, Seigneur, parce que j'ai eu
un si grand chagrin ? Je préfère demeurer près de vous, Seigneur,
je préfère rester votre petit esclave… Plus jamais je ne vous man-
querai de respect en pleurant… Je préfère rester votre petit esclave ignorant…

— Tu seras libre, Tarrar… Mais tu seras tout de même
autorisé à me servir…

— Je préfère ne pas être libre, Seigneur. Que ferais-je de
ma liberté ? Je suis votre petit esclave. Je voudrais ne jamais cesser
d'être votre petit esclave.

— Alors, demande-moi autre chose, Tarrar. Quelque
chose qui te ferait grand plaisir… »

Tarrar, entre ses larmes, eut un petit rictus de ses dents
blanches.

« Puis-je le dire, Seigneur ?

— Oui. »

Tarrar hésitait. Puis, timidement, il se décida :

« Deux autres petits serpents qui dansent, Seigneur… »

Lucius rit avec douceur.

« Enfant ! dit-il. Je te donnerai deux autres petits serpents…
Mais je crains que ceux-ci ne refusent aussi de danser, comme seul
le marchand indien sait les y contraindre.

— Je le crains aussi, Seigneur, dit Tarrar en réfléchissant.
Le petit serpent encore en vie, en abandonnant sa peau, a sûrement rampé jusque chez le marchand. Moi aussi j'ai bien peur que
les nouveaux serpents ne veuillent pas danser… Aussi préférerais-
je ne rien avoir, Seigneur. Je n'ai besoin de rien. Qu'il me soit seulement permis de vous servir…

— Dans ce cas, prépare tout ce qu'il faut pour me raser…
et dis aux esclaves de préparer le bain.

— Oui, Seigneur », dit Tarrar tout en joie.

VII

Née de l'écume, ô Aphrodite aux cent pouvoirs !
Qui embrase le cœur des hommes et des dieux !
Aphrodite, du ciel l'inextinguible gloire,
Éternel été radieux !
Que poussière je sois où passe sa sandale,
Lorsqu'il s'avance,
Que je sente sur moi la flamme conjugale
Et puisse le chérir, ô Aphrodite !

Ô Aphrodite, inspiratrice souveraine,
Qui fait courir le feu du désir dans mes veines,
Me brise de bonheur en me brisant de peine.

Mère d'Éros, ô ardente Aphrodite !
Sa main à mon amour dût-elle être interdite…
Réalise pour moi ma volonté suprême…
Passer dessous le pied de celui-là que j'aime…
Que poussière je sois où il s'avance :
Ô Aphrodite !
Que poussière je sois dessous son pied !

Le chant de Cora résonnait dans la nuit tombante. Sa voix claire, comme accompagnée de clochettes d'or et dont les inflexions paraissaient s'envoler, s'élevait, d'abord douce et étouffée, vibrante de passion, pour ensuite se briser, pareille à un rayon cristallin, et se fondre en mélancolie et en prière énamourée.

Les ombres s'amoncelaient sous les palmiers. Devant les portes de leurs appartements, dans les galeries du *Diversorium*, les camelots étaient assis, accroupis sur des nattes ou de petits tapis, prêtant l'oreille. L'oncle Catullus était étendu dans un hamac. Thrasyllus avait pris place à côté de lui, levant les yeux vers les étoiles, lesquelles se mirent à éclore comme autant de pâquerettes argentées en de bleus et vastes champs.

« Tu as joliment chanté, déclara l'oncle Catullus à l'esclave de Cos, qui s'était assise à même le sol, le tétracorde posé à ses pieds.

— Merci, Seigneur, de votre approbation, répondit l'esclave.

— Appelle-moi 'mon oncle', dit Catullus avec bonhomie.

— Je n'oserais pas, répondit Cora en souriant.

— Ilia m'appelait 'mon oncle'…

— Je ne suis pas Ilia, Seigneur… »

Tarrar parut entre les colonnes du portique.

Son apparition fut toutefois une surprise, car Tarrar, qui avait ôté son pansement, avait des allures de petit sauvage : il arborait son costume de fête libyen, avec une ceinture de plumes lui pendant à la taille, et son front était couronné d'une des plumes. Il ricanait de contentement.

« Grands dieux, Tarrar ! s'exclama l'oncle Catullus en sursautant. Mais de quoi as-tu l'air ! Ma foi, on dirait un petit cannibale ! C'est que tu me fais peur ! Que se passe-t-il ?

— Nous allons à Canope, Seigneur. Cette nuit, exulta Tarrar. Le seigneur Lucius vous fait savoir que nous allons tous à Canope, cette nuit même ! Voici d'ailleurs le seigneur Lucius en personne ! »

Tarrar désigna triomphalement Lucius, qui faisait son entrée.

Cora, s'étant levée, fit une révérence, les bras tendus jusqu'à toucher terre.

Lucius avait des allures de jeune dieu égyptien. Il portait une tunique égyptienne de byssus rayé, garnie d'un liseré d'hiéroglyphes, festonné de lourdes broderies et de pierres précieuses. Son chef était sommé d'une coiffure égyptienne comme celle d'un sphinx, rehaussée d'un encorbellement de larges rubans rayés qui retombaient sur ses épaules. Il étincelait de joyaux étranges et, de pied en cap, était drapé d'un fin lacis doré qui semblait lui faire un manteau transparent, un voile divin immatériel. Souriant, étincelant d'une beauté improbable, il s'approcha.

« Dieux du ciel ! Dieux du ciel ! s'écria l'oncle Catullus. Il se leva, imité par Thrasyllus. Les marchands firent cercle autour de lui, et, se répandant en salamalecs, se mirent à admirer l'étincelant étranger.

« Lucius, quelle mouche te pique ? Que se passe-t-il ? Es-tu devenu Sérapis en personne ?

— Non, mon oncle, sourit Lucius. Je me suis simplement paré de mes plus beaux atours, car je veux aller rêver sur le toit du temple de Sérapis, à Canope. C'est la grande Fête et Caleb – du doigt, il désigna ce dernier, qui s'avançait – m'a déterminé à me rendre cette nuit même à Canope en grand apparat. Vous m'accompagnerez, mon oncle, et toi aussi, Thrasyllus. Tout le monde m'accompagnera, tous mes affranchis et mes esclaves. Caleb s'occupera de la barque. »

L'assistance fut saisie d'une manière de fièvre et d'effervescence. De tous les côtés du *Diversorium* affluaient les esclaves, hommes et femmes, poussant des cris de joie et battant des mains en signe d'admiration.

« En effet, expliqua Caleb, lorsqu'une Excellence telle que le prince que voici se rend à Canope pour la Fête de Sérapis – trois fois saint ! –, elle le fait en déployant la plus grande pompe, et en pareille occurrence, toute la maisonnée est du voyage.

— Et attendu que j'appartiens à la maisonnée, je n'ai plus qu'à suivre le mouvement ? s'exclama l'oncle Catullus. Seulement... Est-il nécessaire que je m'accoutre de la sorte ? Et où trouverais-je de si somptueux habits ?

— Excellence, dit Caleb, vous en trouverez, tout préparés, dans votre chambre. Vous aussi, Maître Thrasyllus... »

L'oncle Catullus, se tenant la bedaine à deux mains, leur faussa compagnie... Avec ce Lucius, on ne savait jamais à quoi s'en tenir ! Des jours durant, il avait larmoyé et sangloté, s'était lamenté, était demeuré invisible, n'avait rien mangé... et voilà qu'il apparaissait paré comme un jeune dieu, qu'il s'était mis en tête de se rendre à Canope afin d'y rêver sur le toit du temple !

« Et moi qui justement comptais sur une soirée tranquille qui aurait pu calmer mon estomac barbouillé ! maugréa l'oncle. Décidément, l'Égypte sera ma perte ! »

Partout ce n'étaient que lumières, torches et flambeaux, partout fièvre et liesse pour célébrer leur expédition nocturne à Canope. Quelle surprise ! Le maître n'était plus malade ! C'était la grande Fête ! C'était la Fête de Sérapis ! La Fête des Songes ! La Fête des Eaux et la Fête des Barques ! C'était la Fête d'Été de Canope !

Vettius et Rufus, les deux intendants, lancèrent des ordres çà et là. Tout le monde, commandèrent-ils, devait revêtir des habits de fête. À Ione, la vieille esclave, qui avait autorité sur les harpistes et les danseuses, on donna licence de se procurer auprès des marchands tout ce dont elle aurait besoin : voiles, parures...

« Nous allons à Canope, nous allons à Canope ! criaient les femmes en un chœur débordant d'exultation. Vite, Ione, donne-moi le rouge coquelicot ! Ici, un bâton d'antimoine ! Je veux un voile bleu, Ione, et des lotus bleus à mes tempes ! Vite, vite, le maître est déjà prêt !

— Nous allons à Canope, nous allons à Canope ! exultait Cora, gagnée à cette jubilation. Le maître ressemblait à un jeune dieu, le maître avait les traits de Sérapis en personne ! Ione, je veux une résille de fils d'or, un voile de songes en fils d'or, et des nymphéas roses à mes tempes ! Je veux une couronne de nymphéas roses... »

Sous les portiques de l'édifice réservé aux femmes esclaves, les marchands déployèrent les étoffes, firent miroiter les parures. Vettius et Rufus achetèrent... Ione, la vieille esclave, ordonna que l'on récoltât les lotus et les nymphéas à l'arrière du bâtiment, dans la rivière...

De loin, Lucius considérait cet affairement nocturne dans le reflet des lampes et des flambeaux, d'un côté le va-et-vient des esclaves, d'un autre la préparation des litières. Ses pensées étaient tout entières tournées vers Ilia. Sur le toit du temple, revêtu du voile de songes, il voulait rêver... l'endroit où se trouvait Ilia, où elle avait été emmenée par les pirates... Et il se tenait debout, hiératique, le regard solennel, perdu dans le vide.

VIII

En ces soirs où avait lieu la Fête d'Été, il n'était point jusqu'à Rome qu'Alexandrie ne surpassât en illuminations. Des centaines de lampes, de luminaires, de flambeaux, de torches faisaient resplendir la ville. Elle resplendissait dans ses ports, qu'effleuraient les faisceaux lumineux aveuglants de la lanterne du fanal. Elle resplendissait dans ses deux rues principales qui se croisaient. Elle resplendissait dans la Colonnade du Musée et du Gymnase, colonnade longue de plusieurs stades, parcourue des remous convulsifs de la foule se disposant à rejoindre la Fête. Mais c'était surtout sur le lac Maréotis et le canal de Canope qu'elle resplendissait. Des lanternes versicolores et des boules rougeoyantes faisaient flamboyer les somptueuses villas en bordure du lac. On eût dit que des lignes de feu silhouettaient le temple d'Aphrodite sur l'îlot ; sillonnant les eaux dorées du lac, des barques illuminées se bousculaient, pleines de chants, pleines de danses, pleines de couleurs, de joie et d'allégresse ; des banderoles voletaient, tandis que des tapis, disposés dessus les bords des barques, traînaient dans l'eau.

Par les rues illuminées, les porteurs, cédant à une même impulsion, accélérèrent le train des litières en direction du lac Maréotis. Ils se hâtèrent de quitter le *Diversorium*, emmenant harpistes et danseuses, ainsi qu'un long cortège d'esclaves parés de leurs habits de fête, parmi lesquels bon nombre d'affranchis, à dos de mulet ou à cheval. Les passants montraient du doigt l'imposant cortège en se disant qu'il devait s'agir de la maisonnée d'un Romain opulent qui se dirigeait vers Canope pour y rêver.

Le même cortège atteignit un appontement sur le lac. À cet endroit était amarrée une grande embarcation, une thalamège* que Caleb, au dernier moment, avait réussi à louer contre force numéraire. La thalamège était peinte en bleu, plaquée d'or et dotée de rames bleu et or faisant saillie comme autant de pattes qui eussent appartenu à un gracieux animal aquatique. Caleb l'avait fait recouvrir de tapisseries et tendre de festons. La statue en argent d'Aphrodite se dressait sur le gaillard d'avant, encensée. Le cortège des esclaves et des affranchis, ainsi que Vettius et Rufus, s'empressa d'embarquer afin d'attendre le maître.

Une foule compacte s'agglutinait, avide de voir. Une litière romaine s'approchait, reconnaissable à sa forme carrée, suivie d'une autre. Le maître en descendit, aidé par ses esclaves des deux sexes. Il était accompagné d'un parent plus âgé et replet, ainsi que d'un pédagogue de noble prestance.

« Il va rêver ! Il va rêver ! s'écriait le peuple. Regardez, il porte déjà son voile de songes. Il a l'air d'un dieu ! On dirait Sérapis en personne ! »

Les mendiants, eux aussi, s'agglutinaient autour des voyageurs.

« Divin Seigneur, Auguste Prince ! Vous qui avez la semblance d'Horus, fils d'Osiris ! Daigne Sérapis vous envoyer les Songes favorables ! Daigne Sérapis vous combler de bienfaits ! Daigne-t-il détourner de vous les mauvais Rêves et les renvoyer au royaume des Ombres ! »

Les intendants répartirent de la menue monnaie entre les mendiants. Lucius, sur ces entrefaites, était monté à bord. Les femmes esclaves semaient des fleurs sur son passage.

Le chant des rameurs s'éleva. On fila les cordages, qui se mirent à grincer, et l'embarcation commença de glisser vers le milieu du lac. Elle resplendissait de lumières bleues, vertes et jaunes.

Elle laissait derrière elle un sillage de lumière. Autour d'elle, l'eau même était lumière. Au long des rives, dans des jardins de lumière, se dressaient des villas et des palais de lumière.

Des barques par centaines glissaient lentement de conserve. Toutes avaient mis le cap sur le même endroit. Des airs et des hymnes retentirent, dominant le monotone bourdonnement que produisait le chant des rameurs. Des cithares égrenèrent des gammes, un chant monta des tétracordes, le vibrato des flûtes diaules traversa l'air vespéral. L'air frémissait d'ivresse.

Les eaux du lac étaient hautes. C'était le mois où le Nil bienveillant sortait de son lit, le pied humide, et inondait le Delta. L'eau dorée du lac venait lécher le dessus des degrés de marbre qui conduisaient aux villas et que descendaient les hétaïres étincelantes, tenant les pans de leurs voiles pour prendre place sur les coussins de leurs barques.

Les fleurs tombaient sur l'eau, se mêlant aux notes parsemées des hymnes et des chants. Répondant à une douce impulsion, des centaines et des centaines d'embarcations, thalamèges et chaloupes, petits et grands, radeaux carrés et canots, se dirigeaient vers l'entrée du canal Canopique. Les rives grouillaient de milliers de promeneurs et de spectateurs : toute la gent alexandrine…

Accompagnés par le pincement harmonieux des cordes, les navires s'engagèrent dans le large canal. L'eau regorgeait, délavant les rives. Les roseaux – byblus et cyamus – poussaient leurs hampes à hauteur d'homme, en ce mois qui voyait le fleurissement de milliers d'épis ondulants : les feuilles des byblus, longues et infléchies, qu'on eût dit toutes élégamment rompues ; celles des cyamus, arrondies à la manière de plats et de la profondeur d'une coupe, s'empilant tout le long des tiges comme de la vaisselle.[1] La lumière émanant des barques s'accompagnait, telles des flaques

---

[1] Il est de fait que chez les habitants d'Alexandrie, ces feuilles de cyamus faisaient aussi office de vaisselle et que leur commerce pourvoyait à la subsistance de certains. (Note de l'auteur)

d'or entre les hampes, d'un nimbe rougeoyant, d'une efflorescence de tiges et de joncs qui évoquait l'or fondu.

On était à présent rendu à la porte Canopique, dans les faubourgs d'Éleusis. À cet endroit, le canal se divisait en deux branches : le canal le plus étroit menait à Schedia, sur le Nil ; le plus large, arrosant Nicopolis, à Canope.

Là s'étendait, vaste et bleue, la mer. Seule une étroite bande de terre la séparait du canal, et elle paraissait atteindre à l'infini, comme sous le vacillement de milliers d'étoiles.

« Lucius, dit Thrasyllus, débordant de curiosité – il avait pris place aux pieds de Lucius, lequel était assis sur un trône surélevé, les yeux perdus dans le vague, hiératique, appelant de ses vœux le rêve de cette nuit à se manifester –, Seigneur Catullus, voyez ! Nous avons dépassé Nicopolis, avec son nouvel amphithéâtre et son nouveau stade, et là-bas, c'est Taposiris, avec le cap Zephyrion, et j'aperçois, juché sur une éminence, le temple d'Aphrodite-Arsinoé…

— Je vois, dit Lucius, tournant les yeux vers le temple illuminé de traits de feu, tel un séjour olympien surplombant la mer.

— Je vois, répéta l'oncle Catullus, assis à côté de son neveu.

— Je lisais, commenta Thrasyllus, qu'en ce même endroit, où s'élève dorénavant ce temple, s'élevait autrefois la cité de Thonis, du nom du roi qui accueillit à bras ouverts Ménélas et Hélène. Homère y fait allusion et il mentionne les remèdes secrets ainsi que les baumes précieux qu'Hélène reçut de la reine Polydamne, épouse de Thon…

— Tu es un puits de science, Thrasyllus, et c'est un véritable plaisir de voyager en ta compagnie, déclara l'oncle Catullus, admiratif.

— Dis à l'esclave de Cos de chanter l'hymne à Aphrodite, car nous passons devant le temple de la déesse », commanda Lucius.

Thrasyllus s'approcha de Cora et transmit l'ordre du maître. Aussitôt un groupe de chanteuses et de danseuses se dressa. Cora en personne se mit à pincer les accords murmurants. Et elle chanta :

Née de l'écume, ô Aphrodite aux cent pouvoirs !
Qui embrase le cœur des hommes et des dieux !
Aphrodite, du ciel l'inextinguible gloire,
Éternel été radieux !
Ô ardente mère d'Éros !
Soyez celle dont les Érotes*
Conduiront mon maître à ses songes !
Comme des papillons dansants
Autour de sa face divine
Bientôt rassérénée par le sommeil béni...

Dans le feu de l'inspiration, elle chantait debout, les doigts mêlés aux cordes, face au temple. Autour d'elle, les danseuses mimaient le chant. Chaque inflexion de leurs corps souples, semblables à de tombantes écharpes, illustrait un mot de l'ode chantée. La voix de la chanteuse, d'une pureté cristalline, s'enfla. Depuis la rive du canal, dans les demeures ouvertes, sur les marches des temples, on prêtait l'oreille à son chant. Parmi les hauts roseaux gisaient des barques de moindre dimension, où se tenaient des couples, tout à s'étreindre amoureusement. Ils écartaient des mains les tiges complices, et décochaient des sourires resplendissants à l'adresse de Cora.

Soyez celle dont les Érotes
Conduiront mon maître à ses songes...

73

…reprenaient les chanteuses.

« Quelle belle voix », dit Lucius.

Cora l'entendit. Elle rougit vivement, entre les grandes fleurs roses qui lui ornaient les tempes. Mais, par déférence, elle affecta de n'avoir rien entendu. Elle s'assit tranquillement au pied de la statue en argent d'Aphrodite, au milieu de ses compagnes.

Le navire glissait toujours lentement, de conserve avec les autres embarcations. De la musique partait successivement de chacune d'elles. L'eau miroitante du canal en crue paraissait une vaste plaine dorée. Sur la rive, parmi les tiges des hauts roseaux, surgissaient les tavernes ouvertes et les maisons de plaisir, couronnées de fleurs et qui semblaient émerger d'un lac enchanté. Les femmes, à l'intérieur, faisaient des signes, agitant de longues tiges de lotus.

Mais les embarcations poursuivirent leur chemin vers Canope. Tous se rendaient au temple de Sérapis. Une fois seulement les Rêves évanouis, les maisons de plaisir et les tavernes auraient les premières faveurs d'une visite. L'Orgie venait toujours après les Songes.

IX

Par cette étrange et estivale nuit de clarté – clarté des étoiles et clarté des lampes –, surgit la ville de Canope, parmi les sveltesses de ses obélisques et les baldaquins de ses palmiers. Les embarcations étaient amarrées au long quai, côte à côte. Les panégyries – défilés de pèlerins en route pour le temple de Sérapis – convergeaient l'une après l'autre dans la rue. La ville, bruissante de musique, s'embrasait d'illuminations.

Il était minuit. De pesants coups de gong retentirent dans le temple de Sérapis, comme un tonnerre divin, doré, au roulement régulier sous les étoiles. Les processions, à la lueur des flambeaux, affluèrent en chantant vers le temple.

On empruntait une large avenue, pavée de grandes pierres carrées. Cette avenue, ou dromos, menait au sanctuaire, le temenos, en longeant une double rangée d'immenses sphinx basaltiques, mi-femmes, mi-lionnes; mi-hommes, mi-taureaux. Ils s'alignaient comme autant de gardiens célestes pétrifiés, cependant que leurs grandes faces d'hommes et de femmes plongeaient hiératiquement leurs regards dans la nuit. Entre les sphinx florissaient, en forme de lotus, brûlantes, bleues, rouges, jaunes, les lanternes et les lampes colorées.

Les panégyries, d'un pas de pèlerin, affluèrent dans le dromos. Le dromos les mena au premier propylée*, puis au deuxième, au troisième, au quatrième. Ceux-ci consistaient en d'immenses rangées de pylônes imposants, ornés d'hiéroglyphes, une forêt de pylônes tout en troncs, des allées de colonnes colossales, supportant de lourdes architraves, sur lesquelles paraissait reposer la cosmicité même de cette nuit d'été. Suivant ces interminables allées de colonnes, la dense, dense multitude des pèlerins en quête de songes s'avançait au son des hymnes. Elle continuait de progresser, de sa démarche toujours lente, régulière, religieuse. Quant à la mélodie de l'hymne, sans cesse portée par les mêmes accords de la harpe, sa monotonie s'accordait au rythme de la marche.

La procession de Lucius ne faisait pas exception. Celui-ci marchait gravement, flanqué de Catullus. Thrasyllus suivait, puis venaient les esclaves des deux sexes. Ses musiciens, ses chanteuses et ses danseuses le précédaient. Et, l'espace d'un instant, la voix de Cora prenait son essor au sein de l'hymne, incessamment répété, au dieu Sérapis.

Surgit comme une immensité : le temple même, le naos. Autour d'une immense avant-cour, ou pronaos, se dressait un portique, forêt de pylônes soutenant le toit peint d'hiéroglyphes. Le pronaos livrait accès au secos, le sanctuaire, le Saint des Saints, un espace vide, incommensurable, dépourvu de représentations, dépourvu d'autel, dépourvu de tout. Cependant, le prodigieux espace, l'élévation, les dimensions impressionnantes, colossales, semblaient appeler une mystérieuse bénédiction. Les 'ailes' de l'édifice, ou ptéromes – les deux murs latéraux –, sculptées de basreliefs symboliques, peintes en or, en azur, en écarlate, se rapprochaient, leurs lignes biaises dessinant une perspective mystérieusement mystique où, tel un incendie, fumait un nuage d'effluves. Derrière se perdait le Saint des Saints, la demeure du dieu Sérapis. Mais de statue, point. Une nuée de prêtres acolytes, Zacores et Néocores, officiaient sur des marches montantes, en adoration face aux rideaux d'hyacinthe que l'on avait tirés.

Les panégyries se divisèrent, longeant les 'ailes', les murs latéraux, sous la houlette des gardiens du temple. On eût dit un large cours d'eau se ramifiant en deux bras. A l'extrémité des ptéromes, derrière le Saint des Saints, des escaliers, dans la nuit ouverte, allaient s'élargissant par volées et conduisaient à des terrasses qui s'étendaient à perte de vue, toutes plus hautes les unes que les autres. Les coups dorés du gong roulaient un fulminement solennel et se répercutaient en échos lourds et massifs.

Parcourant les terrasses, cortège immuable, montant et descendant, s'avançait la procession des grands prêtres : les Hiéropsaltes, les Hiéroscopes, les Hiérogrammates, les Pastophores, les Sphagistes et les Stolistes. Les Hiéropsaltes chantaient les hymnes en s'accompagnant sur les harpes sacrées ; les Hiéroscopes prophétisaient, examinant les entrailles des victimes propitiatoires ; les Hiérogrammates étaient les dépositaires des secrets de l'Hermétique Sagesse ; les Pastophores transportaient dans des nacelles d'argent les effigies d'Anubis à tête de chien ; les Sphagistes étaient les sacrificateurs ; les Stolistes veillaient sur les effigies saintes, les décoraient, les entretenaient, les mains toujours propres et parfumées. Cependant, fendant le groupe des Hiérogrammates, les Prophètes s'avançaient à grands pas. Ils avaient contemplé la Divinité face à face. Ils connaissaient le Passé, l'Avenir et la Signification des Songes sacrés. Grande était leur sainteté, infinie celle des plus anciens. Dès qu'il les voyait s'approcher, le peuple se jetait à leurs pieds et baisait le pavé, les mains levées.

L'heure bénie était proche. L'heure pour Sérapis d'envoyer du ciel, du soleil en personne, les Songes sacrés, quand l'afflux des panégyries serait entré, que le portail du dromos, avec ses battants monolithiques de plusieurs quintaux, s'ébranlerait et que l'ultime coup de gong mourrait avec fracas dans la nuit sacrée.

Depuis les terrasses, la cité, le canal, le lac s'offraient à la vue, comme une unique scintillation lumineuse et dorée. Mais sur les terrasses proprement dites, il se fit impromptu un silence incroyable. De cette foule indénombrable, pas une voix, pas un susurrement ne s'élevait. Et sur le pavé de granit, les pèlerins s'étendirent côte à côte...

Se faufilant entre leurs rangées, les prêtres acolytes, les Néocores, s'avancèrent. Ils s'inclinèrent au fur et à mesure au-dessus des pèlerins et les recouvrirent des filets et des voiles de songes, cependant que les Zacores balançaient les encensoirs. Des vapeurs aromatiques presque suffocantes s'exhalèrent en une odeur lourde et grisante.

Soudain, rompant le silence, s'élevant des harpes des Hiéropsaltes, retentit l'accord sacré.

Il y eut un hymne bref, une unique phrase, qui se volatilisa...

Sur les immenses terrasses, la multitude des pèlerins, rassemblés par milliers, reposait sous les filets et les voiles, les yeux clos. De la cité illuminée ne parvenait aucun bruit. Le Silence sacré régnait, ample et mystique, chargé de frissons, sur la mer, le long de la voûte étoilée, sur la cité et sur le temple. Car Sérapis, invisible, surgissait du Monde inférieur afin de dispenser les Songes.

Il s'éleva dans une nue de songes de l'Amenti, l'Enfer sacré souterrain, où il règne comme Osiris règne dans les régions supérieures des Cieux. C'est Osiris en personne : il n'y a entre lui et Osiris aucune distinction. Il est deux. Si Osiris est le bienfaisant Tout-Puissant d'En Haut, lui est le bienveillant Tout-Puissant d'En Bas. Il contrecarre Typhon, de même qu'Osiris affronta Typhon. À la fin, la victoire lui revient, tout comme elle revint à Osiris.

À présent, il surgit dans la nue des Songes. Car cette Fête est la sienne, la Fête de ses eaux bénéfiques, que lui-même répand en pluies estivales des vases sacrés – les canopes – dont est couronnée la tête de chien d'Anubis, son gardien, serviteur et compagnon, les eaux qu'il verse dans le Fleuve Sacré pour qu'il irrigue la Sainte Égypte. À présent, il surgit dans la nue des Songes...

La terre se déchire et Sérapis surgit de l'Amenti. Il est tout, comme l'est Osiris. Il est féminin, Neith, le Commencement, et masculin, Amon, l'Éternité. Il est ce qui sera l'Ultime. Il est par nature le bienfaiteur. Il fait planer, tels des papillons, les Songes aux tempes de ceux qui croient en lui. Sa bénévolence guérit les malades. Aux serviteurs des malades, qui rêveront à la place de leurs maîtres, il verse en esprit le secret de leur guérison. Les Songes qu'il prodigue disent ce qu'il faut faire ou ne pas faire pour accéder à la réussite, à la prospérité, au prestige, au bonheur et à l'amour...

Quant à Lucius, il lui fera voir en songe où se trouve une femme aimée, qui a disparu...

Le jeune Romain gît dans le silence, couvert d'un entrelacs d'or, comme une momie précieuse, bien droit, les bras le long du corps, les yeux fermés. À ses côtés gisent tous les siens, qui lui ont fait escorte.

Le nuage d'effluves s'atténue au-dessus de leurs yeux pieusement fermés, sous les voiles.

Le silence sacré poursuit son règne... Des heures durant, sans interruption...

X

Lucius avait-il dormi ? Avait-il rêvé ? Le nuage d'effluves avait-il assoupi ses sens ? Une étrange force mystique s'était-elle déployée sur lui ? Sérapis était-il descendu sur lui ? Le Songe, en planant, l'avait-il enveloppé ?

Il lui sembla qu'un tonnerre doré l'éveillait de la lourde léthargie qui l'avait plongé dans l'immobilité. Il sentit son voile mouillé par une rosée généreuse… Les coups de gong, roulant par-dessus le temple, se perdaient dans la nuit étoilée. Des accords retentissaient sur les harpes, un hymne était entonné…

À l'entour des terrasses, tout en chantant, la longue théorie des prêtres se mettait en branle. C'était encore la nuit. Entourant Lucius de tous côtés, les dormeurs se relevaient, ivres de sommeil et de rêve. Leurs visages hantaient les reflets des flambeaux et des lampes, sublimés, comme après une longue prière, une adoration prolongée, une extase au cours de laquelle leur pensée, leur désir et leur âme se fussent épurés.

Sur la terrasse supérieure, autour de laquelle la cité tout entière répandait ostensiblement ses scintillements – d'un côté la bleuité nocturne de la mer, et de l'autre les ramifications argentées des bouches du Nil à travers le Delta, qui se perdaient dans la vague et lointaine étendue des sables libyens –, les doctes Hiérogrammates siégeaient sur des trônes. Ils tenaient, déroulés dans leurs mains, les rouleaux sacrés, dont les hiéroglyphes donnaient réponse à tout. Derrière eux, des hiérodules* portaient les lanternes versicolores à bout de bras. Leur faisant face, les nombreux Rêveurs se bousculaient.

Car bousculade il y avait. Les Rêveurs souhaitaient connaître la signification de leurs songes. Mais ils étaient si nombreux à avoir rêvé que les prêtres se contentaient de leur adresser quelques paroles, pleines d'ambiguïtés.

Bon nombre, déçus, redescendirent des terrasses. L'Orgie les attendait dans les tavernes, les maisons de plaisir, le long du canal...

Lucius s'était levé, au milieu de tous les siens. Il se tenait raide, immobile, drapé dans un filet doré, comme un dieu, en transe.

« Lucius, l'interrogea Thrasyllus, mon cher enfant et mon maître... Dis-moi, as-tu rêvé ?

— Oui, répondit Lucius, toujours en transe.

— Moi aussi, fit l'oncle Catullus. C'était un cauchemar, tout ce qu'il y a de déplaisant ! J'avais fait un repas trop lourd. Il m'est resté sur l'estomac. À présent, la fraîcheur de la rosée me donne des frissons. L'Égypte est tout à fait intéressante, mais elle sera *ma* mort, cela ne fait pas l'ombre d'un doute ! »

Cependant, Caleb s'était approché.

« Excellence, dit-il, vos amulettes sabéennes vous ont certainement inspiré un rêve favorable. Il faut vous faire expliquer votre rêve. Mais pas par les Hiérogrammates... Voyez vous-même, les rêveurs se bousculent à leurs pieds. Il n'y a pas moyen de s'approcher d'eux. Il faut vous faire expliquer votre rêve par un Prophète très saint. Par Amphris, le centenaire... Venez, laissez-moi vous guider... »

Il prit Lucius par la main.

« Cela revient à un demi-talent, pas moins, dit Caleb. Trente mines, Seigneur. Mais pour ce prix-là, Amphris, le saint Amphris, vous expliquera votre rêve. Les Hiérogrammates demandent dix ou vingt drachmes. Mais pour ce qui est d'expliquer, ils n'arrivent pas à la cheville du saint Amphris, le Prophète. C'est ici qu'il trône, Seigneur... »

Ils se tenaient en face d'une petite pyramide, sur une des terrasses les plus élevées. Deux sphinx flanquaient la porte étroite, comme deux sentinelles mystérieuses et pétrifiées. Des prêtres acolytes en barraient l'accès.

« Le très saint Amphris, demanda Caleb.

— Quarante mines, dit l'un des prêtres.

— Pourquoi pas un talent ? grommela Caleb.

— Quarante mines », répéta le prêtre.

Caleb sortit les pièces d'or de la longue bourse qui pendait à sa ceinture et les glissa dans la paume du prêtre.

« Entrez, Excellence », dit Caleb, montrant la porte ouverte.

Lucius entra. Sur un trône était assis un vieillard qui ressemblait à un dieu de sénescence et de sagesse. Lucius lui-même était beau comme un jeune dieu. Une lumière étrange émanait de globes bleus, pareils à de douces lunes. Lucius se prosterna jusqu'à terre, se laissa tomber sur les genoux et baisa le sol. Il demeura dans cette position.

« Sérapis s'est-il penché sur vous, mon fils ?

— Oui, Père sacré.

— Que vous a-t-il montré dans votre Songe ?

— La femme que j'aime... »

Le prophète avait posé sa longue main menue, immatérielle, sur la tête du rêveur.

« Mais qui ne vous aimait pas, dit le prophète avec calme et douceur.

— Comment le savez-vous, Père sacré... ? J'ai vu les pirates qui l'ont enlevée...

— Mais par qui elle n'a pas été enlevée...

— Comment le savez-vous, Père sacré... ?

— Et par qui elle n'a pas été vendue comme esclave…

— Où donc est-elle, ô Père ?

— Que vous a montré Sérapis dans votre Songe ? »

Lucius sanglotait.

« Je l'ignore, Père... Je l'ai vue, ainsi que ceux qui l'ont enlevée.

— Combien étaient-ils ?

— Beaucoup.

— Vieux et jeunes ?

— Non, ils se ressemblaient comme des frères. Comme des sosies.

— Parce qu'ils n'étaient pas nombreux.

— Pas nombreux ?

— Non.

— Combien étaient-ils, Père ?

— Ils étaient... un seul.

— Pas davantage ?

— Ils étaient un seul, reprit le prophète. Mon fils, votre âme est malade. Malade de chagrin et d'amour. L'amour est puissant, mais la sagesse est plus puissante encore. Faites appel à la sagesse, mon fils. Mon enfant, je vois en votre âme. Je la vois pantelante, martyrisée.

— Il n'y a pas de consolation si je ne la retrouve pas !

— Il y a une consolation. Isis cherchait Osiris, et elle trouva toutes les parties de son corps. Mais elle ne trouva point celle qui devait la féconder.* Et pourtant elle finit par trouver la consolation.

— Donnez-moi la consolation, Père sacré.

— Je suis la sagesse, mon enfant, et vous êtes jeune. Servez la Sagesse, mais honorez l'Amour.

— Père, pourquoi les pirates se ressemblaient-ils ?

— Parce qu'ils étaient un seul.

— Un seul ravisseur ?

— Un seul ravisseur.

— Où est Ilia, Père ?

— Mon fils, toute ma sagesse ne saurait vous souffler ce dont vous n'avez pas rêvé. Vous avez rêvé de pirates en nombre, qui se ressemblaient comme des sosies. Il y avait un seul ravisseur, mon enfant.

— Qui était-ce ?

— Sérapis vous a-t-il fait apparaître son image ?

— Je ne la vois plus...

— Alors, allez en paix... Et laissez l'Amour et la Sagesse vous apporter la consolation. »

Lucius sortit. Sur le seuil de la pyramide, il rencontra une hétaïre. Elle étincelait comme une idole dans sa robe de cérémonie piquetée de pierres précieuses. Elle le regarda de ses yeux peints.

« C'est Tamyris, Seigneur, dit Caleb. Elle veut consulter Amphris. Elle a payé un talent ! Amphris vous a-t-il expliqué votre rêve ? Moi, c'est son huissier, qui est sage, lui aussi, qui m'a expliqué le mien ! Pour cinq drachmes seulement.

— Un seul ravisseur ! Un seul ravisseur ! » murmurait Lucius.

Il serra les poings, impuissant.

La foule refluait le long des terrasses. Sur le canal, dans la nuit, les barques rebroussaient chemin.

Invariablement, les embarcations s'arrêtaient devant les maisons de plaisir et les tavernes, et les rêveurs débarquaient.

Là, l'hydromel, la bière mousseuse et dorée, les lourds vins de Maréotis et les liqueurs enivrantes de Napata coulaient à flots. Là, les femmes nues se trémoussaient dans la danse, enjôleuses, avec leurs tiges de lotus.

« Demi-tour ! Nous rentrons à Alexandrie ! » commanda Lucius.

La thalamège ne fit halte ni devant les maisons de plaisir ni devant les tavernes. Le maître sanglotait, la tête enveloppée de son voile de songes doré. Il n'y avait pas de musique.

Seul le chant mélancolique des rameurs s'élevait d'en bas. Derrière, à l'orient, blanchissait l'aube : une longue ligne rosée, au-dessus de la mer...

Cependant que les lampes de la fête s'éteignaient.

XI

Sérapis avait ouvert les écluses célestes. Il pleuvait.

Déjà les premières pluies de l'été s'étaient abattues par trombes. Déjà les dieux de l'eau avaient versé de leurs canopes* ou de leurs urnes emplies d'eau, leurs flots bienfaisants sur le Nil en crue. Les inspecteurs des rivières qui partout avaient consulté les nilomètres[1], déclarèrent que les eaux du fleuve sacré montaient sans discontinuer et que, cet été, elles atteindraient leur cote maximale.

De blancs rideaux de pluies dégoulinantes tombaient dans un frémissement.

La palmeraie du *Diversorium* était inondée. Maître Ghizla fit creuser de petits canaux par ses esclaves, afin que l'eau ainsi captée fût conservée dans des bassins.

Une telle profusion d'eau avait été accueillie avec plaisir et avec joie. L'air était frais. Bien que l'on approchât du milieu de l'été, une fraîcheur constante tempérait l'atmosphère aux alentours d'Alexandrie. Les miasmes qui s'exhalaient n'étaient aucunement porteurs de germes ou de maladies, et cette forte humidité

---

[1]Puits en pierre disposés sur le parcours du Nil, dans lesquels l'eau montait et descendait au même rythme que celui du fleuve. Des encoches indiquaient les hauteurs maximale, minimale et moyenne. Des inspecteurs étaient chargés d'avertir la population de l'ampleur des crues à venir et de la période probable où le fleuve sortirait de son lit. (Note de l'auteur)

était même bénéfique au sol desséché par l'hiver ainsi qu'à l'atmosphère torride.

Les voyageurs n'avaient plus quitté leur résidence. Après le rêve nocturne de Canope, Lucius avait réintégré la pension, empli d'un de ces sentiments de rage et d'impuissance qui lui étaient familiers et, s'étant muré dans le désespoir, il avait consigné sa porte, refusant de recevoir quiconque.

L'oncle Catullus s'adonnait à de longues siestes. Thrasyllus, lui, étudiait les livres, les cartes et les mappemondes.

Cora était assise sous le portique du bâtiment réservé aux femmes esclaves. Comme elle ne pouvait ni chanter ni jouer, elle restait accroupie, les bras passés autour des genoux, et regardait la pluie avec mélancolie. La maladie du maître répandait la mélancolie parmi tous ses proches.

Caleb s'accroupit près de Cora. Il s'assit comme elle, les bras autour des genoux, les yeux et les dents scintillants, et dit :

« Cora, je t'aime beaucoup. »

Cora demeura immobile, se contentant de répondre avec douceur :

« Je ne suis pas libre. J'appartiens au maître.

— Je voudrais t'acheter, Cora, dit Caleb, pour que tu sois libre. »

Cora ne répondit pas. La pluie blanche frémissait. Dans la palmeraie, protégée par un parapluie, maître Ghizla exerçait ses esclaves tout ruisselants.

« Tu serais libre, reprit Caleb. Tu ne serais pas mon esclave, mais ma femme. Je suis riche. Nous sommes riches, Ghizla et moi. Nous faisons de très bonnes affaires. Notre *Diversorium* est le plus important d'Alexandrie. Nous gagnons beaucoup d'argent, car toutes les Excellences choisissent notre établissement. Cora, tu serais maîtresse de maison ici. Tu aurais des esclaves, femmes et hommes. Je te paierais à ton maître ce qu'il demanderait... on ajouterait cela à sa note. Car les affaires sont les affaires, vois-tu. Mais je pourrais te payer en argent comptant. Et une fois très riches, Cora... nous retournerions à Saba... Ma patrie... C'est le pays le plus doux et le plus beau du monde, pour ce qui est d'y vivre, du moins. Car on n'y fait pas d'affaires. Quand on est riche, la vie y est délicieuse. Quand nous serons riches, nous y retournerons. Cora, veux-tu que je te parle de Saba, de mon pays, ne serait-ce, Cora, que pour te divertir, maintenant qu'il pleut et que tu ne peux plus chanter... ?

— Ce sera un plaisir de t'écouter, Caleb.

— Saba, ô Cora, est le royaume le plus puissant d'Arabie. Saba, c'est l'*Arabia Felix*, Cora. Saba est cette douce contrée où poussent les balsamiers et où sont recueillis les précieux aromates : la myrrhe, l'encens et le cinnamome. Toutes les herbes et les fleurs, ô Cora, embaument au pays de Saba : il n'est pas une herbe, pas une fleur qui n'embaume. Sous le ciel, qui a la transparence d'un néant bleu, des nuages d'effluves s'élèvent en flottant jusqu'aux pieds des dieux, qui ne se privent jamais de jeter un regard souriant sur mon pays, mon bienheureux pays. Le palmier et le calame* y embaument, le papyrus odorant y pousse. Nulle part les fleurs ne sont si grandes, si variées, les arbres si lourds de feuillage, si verts. Nulle part les nuits ne sont si douces et les jours si exquis. Les nuits sont réservées à la fête et les jours aux repos. Nous grimpons dans les hauts arbres au moyen d'échelles et dormons dans des nids de feuilles, comme des oiseaux. Mariaba est ma cité, la capitale dorée de mon doux pays. As-tu déjà vu une ville enchantée dans tes rêves, Cora ? Telle est Mariaba. On y trouve des temples de chrysolithe, avec des dômes de cristal bleu à l'image du firmament. Les rues sont semées de sable d'or. Mariaba est située sur une montagne, comme le palais d'un dieu. Le roi, Cora, qui est un descendant de Balqis, notre grande reine — celle-là même qui apporta à Salomon les trésors d'Ofir* – vit dans un palais aux murailles d'or. Les murs de sa chambre sont comme des miroirs bleus et il marche sur des tapis tissés de fleurs, qui sont renouvelés toutes les heures. Il ne mange pas : il se nourrit d'effluves. Il est saint, mais il n'a pas le droit de quitter son palais, car un oracle a commandé au peuple de lapider le roi s'il s'avisait de mettre un pied dehors. Au palais et en ville, tout n'est que luxe et plaisir. On n'y fait ni commerce ni affaires. Les Sabéens abandonnent le commerce de leurs précieux produits nationaux aux Syriens et aux Mésopotamiens. Eux-mêmes, Cora, sont riches comme des dieux... Quand nous serons riches et que tu seras ma femme... nous serons comme des dieux à Mariaba, et tu verras le roi, derrière un velum translucide de gaze dorée, tandis qu'il se nourrit d'effluves. Nous habiterons une maison d'albâtre qui sera transparente, mais uniquement pour ceux qui seront à l'intérieur. Nous aurons une barque de cuir bleu, avec des glands de soie rouges et des clochettes d'or tintinnabulantes...

Quand le vent du soir fraîchira, nous nous réchaufferons les mains au cinnamome brûlant. J'oindrai ton corps de larimnum* liquide, l'aromate le plus coûteux, que personne n'exporte, pas même l'empereur de Rome. Nous n'aurons de vaisselle qu'en or, de lit qu'en ivoire, incrusté de jaspes, et – pourquoi pas ? – de sardoines. Tu circuleras sur un éléphant aux sabots recouverts d'argent, à la trompe enroulée de nombreux bandeaux dorés et, la nuit, seront suspendues deux petites lanternes à ses défenses, Cora... Et notre bonheur dépassera ce qu'on peut imaginer ou dire...[1]

— Il semble bien que tu me décrives un pays enchanté, Caleb... Mais j'ai entendu dire qu'à cause de telles fragrances, tous les Sabéens souffrent de migraine...

— Quand nous souffrons de migraine, Cora, nous faisons brûler de l'asphalte et les poils de la barbiche d'un bouc. C'est un remède souverain... Ou alors nous portons les saintes amulettes...

---

[1] La description de Saba par Caleb doit peu à la fantaisie de l'auteur. À peu près tous ces détails concernant l'*Arabia Felix* figurent dans la *Géographie* de Strabon. (Note de l'auteur)

Portes-en une, Cora, porte cette amulette que j'ai toujours portée...

— Non, Caleb.

— As-tu peur que je t'ensorcelle ?

— Oui, j'ai peur des amulettes sabéennes. C'est peut-être l'une d'entre elles qui a fait faire un mauvais rêve à mon maître, qui l'a rendu morose et malade.

— Cora, je t'aime tellement. Permets-moi de t'acheter à ton maître.

— Si tu m'achetais, ô Caleb, je serais ton esclave dévouée, je chanterais et jouerais de la harpe pour toi. Mais je serais malheureuse, même si j'étais ta femme, même si j'étais libre... car je serais loin de mon maître...

— Que tu aimes. »

Après un instant d'hésitation, elle déclara :

« Que j'aime, Caleb. Mais comme la fleur aime le soleil. Comme la mite l'étoile. Du lointain et des profondeurs. Sans espoir. »

La pluie blanche tombait avec un frémissement. Dans le jardin, maître Ghizla invectivait les esclaves et, la tunique relevée, progressant sur ses jambes minces et velues, traversait les flaques.

Caleb se leva. Il s'éloigna silencieusement, absorbé dans sa mélancolie. Puis il revint sur ses pas et reprit :

« Tu m'accompagnerais à la chasse, Cora. Tu me précéderais sur un étalon sabéen qui filerait comme le vent, nous capturerions des lionceaux dans nos rets, nous les apprivoiserions avec du vin de palme, et ils marcheraient sur tes traces comme de gros chats... »

Cora se contenta de sourire, sans un mot.

« Je sais, Cora, pourquoi tu ne veux pas devenir ma femme. Ce n'est *pas* parce que tu adores ton maître. Car même si ton maître t'aimait, tu n'en serais pas moins une esclave. Ma femme à *moi* serait une femme libre et une reine en ma demeure. Non, tu refuses d'être ma femme parce que, peut-être, tu connais la loi sabéenne qui prescrit qu'une femme mariée soit également la femme de tous les frères de son mari. Mais Ghizla, ô Cora, n'effleurerait même pas l'ourlet de ton habit.

— Je ne connaissais pas cette loi, ô Caleb.

— Il était dans notre pays une fille de roi, ô Cora, d'une beauté aveuglante. Elle était l'épouse de quinze frères, qui étaient tous princes. Tous les quinze brûlaient d'amour pour elle. Quand l'un des frères voulait passer un moment dans sa chambre, il le faisait savoir en posant sa canne contre sa porte. Alors, les autres s'esquivaient... Lorsqu'elle se fut lassée de leur zèle à l'aimer, elle imagina un stratagème. Elle se fit faire des cannes pareilles à celles que possédaient les frères. Quand un des frères la quittait, elle posait la réplique d'une de ces cannes devant sa porte. De telle sorte qu'on la laissait en paix... Mais il arriva qu'un jour, tous les frères se retrouvèrent en même temps sur la grand-place de la ville. L'un d'entre eux lui rendit visite... et trouva devant la porte la canne de l'un de ses frères qu'il venait à l'instant de quitter sur la place de la ville... Il crut alors que leur femme, leur femme à tous les quinze, leur était infidèle... et les trompait avec un seizième, étranger à la famille. Il se mit en quête de son père et lui fit part de ses soupçons. Mais la femme s'avéra innocente. Le père, les quinze frères et l'épouse rirent à l'envi de la supercherie et furent heureux... Mais toi, Cora, tu n'aurais nul besoin de poser devant ta porte une canne semblable à la mienne. Car je n'ai qu'un frère – Ghizla – et il n'oserait même pas toucher l'ourlet de ton habit... »

Cora rit. Caleb rit à son tour, ses yeux scintillèrent et rutilèrent.

« S'il en est ainsi, j'y penserai, Caleb ! dit Cora en riant. Oui, j'y penserai !

— Réfléchis-y, ô Cora, dit Caleb sans cesser de rire. Si tu le souhaites, je te rachèterai à ton maître. Nous aurons un bateau de plaisance en bois de cèdre, mais avec des voiles comme des ailes d'oiseau, de sorte que nous pourrons aussi bien naviguer sur les flots que nous élever dans les hauteurs des nues. Et, certaines nuits, nous pourrions visiter la lune, où tous les hommes ont la transparence des fantômes. Ce n'est pas un conte, Cora, c'est la vérité... Il y a vraiment de ces vaisseaux magiques qui sillonnent nos mers et nos cieux... Réfléchis-y, ô Cora... Réfléchis-y tout de même ! »

Et tandis que Cora riait, toujours incrédule, Caleb releva les pans de sa tunique et, les pieds nus, traversa les flaques de la palmeraie, riant et jetant des regards à la ronde.

Car Ghizla l'avait appelé afin d'inspecter les petits canaux que les esclaves étaient en train de creuser afin d'amener l'eau de pluie jusqu'aux citernes.

XII

Pendant ce temps, des porteurs libyens introduisaient une litière dans le jardin.

Des rideaux de toile bleue fermaient la litière sur tous les côtés, la protégeant de la pluie.

Une femme voilée lança un regard par l'ouverture des rideaux et appela Caleb.

« Est-il chez lui ? » interrogea-t-elle.

Caleb, quoique l'ayant reconnue, demanda, jouant les ingénus :

« Qui donc, noble dame ?

— Lui, insista la femme. Le jeune Romain. Publius Sabinus Lucius.

— Il est en effet chez lui, noble dame, dit Caleb. Mais il est malade. Il ne veut voir personne.

— S'il est chez lui, je veux le voir », dit la femme.

Et elle descendit les degrés de pierre du portique. Elle avait beau être étroitement enveloppée dans ses voiles, Caleb l'avait reconnue... Elle offrit à Caleb une pièce d'or qu'il se garda bien de refuser, car les affaires étaient les affaires, et un statère judicieusement placé le rapprocherait de sa patrie, après laquelle il soupirait.

« Je ne sais si je puis vous laisser entrer », dit Caleb, hésitant.

La femme lui glissa une deuxième pièce d'or. Comme par un tour de passe-passe, elle disparut aussitôt dans la ceinture de Caleb.

« Où demeure-t-il ? demanda-t-elle.

— Dans le bâtiment réservé aux princes, bien sûr, dit Caleb avec fierté. Là où est accroupi son petit esclave noir. »

La femme voilée s'approcha de Tarrar, qui était effectivement accroupi sur une natte, devant la porte.

« Je veux *le* voir, dit la femme. Je veux *lui* parler. Conduis-moi jusqu'à lui.

— Le maître dort, dit Tarrar.

— Réveille-le.

— Le maître est malade, dit Tarrar.

— Dis-lui que je viens le guérir.

— Je n'ose pas, dit Tarrar. Il se mettrait en colère. Ce serait contraire à ses ordres. Il a l'habitude qu'on lui obéisse.

— Annonce-moi.

— Non, dit Tarrar.

— Tu n'es qu'un petit singe », dit la femme.

Sur quoi elle ouvrit la porte et souleva un rideau.

Tarrar et Cabeb, effrayés, tentèrent de la retenir.

« Elle est déjà à l'intérieur ! dit Caleb.

— Le maître va me frapper ! dit Tarrar en tremblant. Quelle mégère insolente... ! »

Mais, le doigt posé sur les lèvres, Caleb lui fit signe de se taire et se mit à écouter à la porte...

La femme voilée se tenait à présent dans la chambre de Lucius. Il était étendu sur sa couche, ruminant de sombres pensées. Il ouvrit de grands yeux étonnés.

« Je suis Tamyris, dit la femme. Lucius, je suis Tamyris. Je suis connue pour ma beauté. J'ai fait attendre des rois sur le seuil de ma villa du lac Maréotis, par pur caprice. Un jour, j'étais dans les bras d'un esclave nègre pendant que le roi du Pont patientait et tandis que mon amant noir m'étreignait, j'ai appelé le roi dans la pièce... puis je l'ai chassé, je l'ai mis à la porte.

— Ce n'est pas vrai », fit Lucius.

Tamyris écarta ses voiles et rit.

« Non, ce n'est pas vrai, dit-elle. Par contre, Lucius, ce qui est vrai, c'est que je brûle d'amour pour toi depuis que je t'ai aperçu, beau comme un dieu, sur le seuil de la pyramide d'Amphris. Lucius, je veux être ton esclave. Je veux te servir et te chérir. Je te guérirai et je te ferai rire. Je te ferai oublier ton chagrin. Lucius, je suis la servante de la déesse Aphrodite depuis l'âge de six ans. Par l'entremise d'oracles et de songes, elle m'a transmis l'ultime secret de sa plus haute passion, qu'elle-même ignorait avant d'aimer Adonis. Lucius, si tu veux m'aimer, je serai ton esclave et je te révélerai le secret d'Adonis.

— Va-t'en, dit Lucius.

— Lucius, dit Tamyris, jamais je n'ai demandé à un homme de m'aimer. Mais depuis l'instant où j'ai plongé dans les sombres profondeurs de tes yeux, mes jours sont comme des jardins desséchés et mes nuits comme des sables brûlants. Je souffre et je suis malade. J'éprouve ici, dans la gorge, une soif perpétuelle que ne parviennent à étancher ni les boissons rafraîchies par la neige ni les fruitages trempés dans le silphium. Vois, mes mains tremblent, comme si j'avais de la fièvre. Vois, Lucius, mes mains qui tremblent... Elles voudraient te caresser, courir le long de ton corps et...

— Va-t'en, dit Lucius.

— Lucius, je voudrais être ton esclave. Moi, Tamyris, la célèbre hétaïre, qui possède des trésors, tout comme toi, et le plus gros béryl découvert en Éthiopie, je voudrais être ton esclave, secouer ton matelas en l'air, pour qu'il soit moelleux, te laver les pieds dans le nard et les sécher de mes baisers, un baiser après l'autre, jusqu'à ce qu'ils soient secs... »

Lucius frappa violemment le gong.

Caleb et Tarrar parurent.

« Appelez les gardes, ordonna Lucius. Et jetez cette femme dehors si elle refuse de s'en aller.

— Je m'en vais, dit Tamyris. Mais sache, ô Lucius, que si je meurs consumée d'amour, je reviendrai te hanter. Ma larve s'enroulera autour de toi sans que tu puisses t'y opposer, et j'aspirerai ton âme à ta bouche... jusqu'à ce que je t'aie en moi... *dans* moi !

— Noble Dame, dit Caleb obséquieusement, la pluie s'est arrêtée et votre litière attend.

— Je m'en vais, dit Tamyris. Le prince de Numidie m'attend. Il est venu avec vingt éléphants nageurs, longeant la mer et traversant le lac pour m'aimer. Cette nuit, je donne une orgie, pour lui rendre la politesse. Lucius, si tu viens me retrouver cette nuit, nous ligoterons le prince de Numidie et nous lui chatouillerons la plante des pieds jusqu'à ce qu'il étouffe de rire. Tu viendras ?

— Tu mens, dit Lucius. Aucun prince n'est venu te voir, et encore moins avec des éléphants nageurs. Tu m'ennuies. Va-t'en ou tu auras tâté de mes longs fouets avant que je te fasse disparaître de ma vue.

— Je m'en vais, dit Tamyris. Mais au moment où tu t'y attendras le moins, je t'ensorcellerai. Alors, sans le savoir, tu boiras un philtre que moi, je t'aurai préparé, tu viendras à moi et je t'étreindrai... Et dans mon étreinte, tu *sauras ce qui, autrement, te serait à jamais demeuré un secret*. Je m'en vais... »

Cette nuit-là, Lucius rejoignit Tamyris.

Mais c'est déçu qu'il rentra, le lendemain matin.

XIII

« Mon enfant, dit le vieux Thrasyllus, qui s'était assis près de son lit, ne cesseras-tu jamais d'entretenir ta maladie et ta langueur, comme un serpent qui te dévore jusqu'à la moelle des os ? La sibylle de Rhacôtis s'est contentée de pénétrer ta propre pensée. Le saint Amphris a seulement réussi à t'expliquer que beaucoup, qui se ressemblent, ne désignent qu'une seule personne dans ton rêve. Et puis, qu'est-ce que ta crédulité t'aura fait imaginer, que l'étreinte d'une hétaïre retorse ait pu te révéler ? Le nom du ravisseur ? L'endroit où Ilia se cache ? Un seul ravisseur ? Celui qui l'aurait enlevée ?

— Je ne sais pas, dit Lucius d'une voix éteinte.

— Mon pauvre enfant malade, dit le pédagogue. Personne ne le sait et ne le saura jamais. Elle a disparu. À supposer qu'elle n'ait pas été enlevée par des pirates, alors elle s'est noyée. N'as-tu pas visité les marchés aux esclaves de Rome dans l'intention de la retrouver ? N'as-tu pas fait de même ici, à Alexandrie ? Elle demeure introuvable. Oublie, mon enfant. Tente de guérir. Si aucune autre femme ne peut te guérir, laisse agir une autre force que celle de l'amour. Amphris a évoqué la Sagesse. La Sagesse existe. Cherche-là ici, au pays même de la Sagesse. Cette cité, mon enfant, quoique offrant un spectacle charmant, est une cité corrompue. Cette cité est à l'image de Tamyris : une hétaïre parmi toutes les cités. Il n'y a plus de Sagesse dans cette cité, nonobstant le Musée, le *Sérapeum* et les Songes de Canope, qui dégénèrent en Orgies. Je n'aperçois dans cette cité que marchands, usuriers et femmes vénales. Cette belle cité est une cité vénale. Même les philosophes y sont cupides et vénaux. Même les prophètes font payer un talent leurs divinations. Ici, la puissance de l'argent a supplanté celle de la Sagesse. Poursuivons notre voyage. La Sagesse existe encore en Égypte. Et la sagesse que nous trouverons te guérira. Écoute, mon enfant : il y a le mot secret de la Kabbale, que Moïse en personne a reçu de la Divinité sur le mont Sinaï. Ce mot n'a jamais été gravé sur une table de pierre, mais Moïse l'a murmuré à ses fils, et ses fils aux leurs. Il est la clé du Bonheur. Celui qui le prononce obtient le pouvoir d'échapper à la souffrance et de connaître tout ce qui peut être connu sur terre. Je l'ai cherché : au Musée, au *Sérapeum*, ici et à Canope. Pendant que tu te lamentais sur ta couche, mon enfant, j'ai parlé à des prêtres, à des philosophes, à des prophètes... Je suis convaincu que je ne trouverai pas le mot à Alexandrie...

— Mais où alors, Thrasyllus... ? »

Le regard du philosophe se perdit dans le vague.

« Peut-être plus loin, dit-il. Peut-être à Memphis. Rendons-nous à Memphis. Si je n'y trouve pas le mot, je le chercherai plus loin. Remontons le Nil jusqu'à Thèbes, jusqu'en Éthiopie. Allons jusqu'aux colonnes de Sésostris. Quelque chose me dit, mon enfant, que nous trouverons... et que tu guériras. Mais partons. »

Lucius approuva, et le départ fut décidé. Sur ces entrefaites, maître Ghizla et Caleb parlèrent longuement 'des affaires', après quoi Caleb sollicita de Lucius la faveur d'un entretien, lequel lui fut accordé. L'oncle Catullus et Thrasyllus étaient présents.

« Excellences, commença Caleb, je voudrais vous parler, et ceci dans votre intérêt. J'en viens au fait, Excellences : j'apprends du très docte Thrasyllus que vous avez conçu le projet de quitter Alexandrie et de vous rendre en Éthiopie, jusqu'aux colonnes de Sésostris, en passant par Memphis. Nul doute qu'il s'agisse là d'un beau voyage : c'est un chemin qu'empruntent toutes les

Excellences. Mais permettez à votre serviteur de vous donner un conseil, et ceci dans votre intérêt, Excellences, dans votre intérêt. Mon conseil est le suivant : louez-nous, à mon frère Ghizla et à moi, une embarcation conçue pour le Nil, une thalamège confortable et spacieuse, non seulement pour remonter le Nil mais aussi, autant que possible, pour y loger car – soit dit sans médisance, Altesses, sans médisance aucune ! – les *diversoria* que vous trouverez à Hermopolis, à Léontopolis, voire à Memphis ou à Thèbes, sont... mauvais, tous mauvais, absolument rien en comparaison de notre célèbre maison d'Hermès, ô honorables protecteurs. Non, ce ne sont que taudis crasseux en bordure de marécages, sans aucunes commodités modernes, et quoique vous disposiez de votre propre cuisinier, vous ne devez pas espérer y trouver un seul puits non pollué – pour ne rien dire du vin – et faire de délicieux repas, ô Seigneur Catullus. C'est pourquoi, ô mes bienfaiteurs, je vous réitère mon conseil : louez notre thalamège spécialement conçue pour le Nil. Vous pourrez y habiter avec une partie de votre suite, ainsi que quelques esclaves – laissez ici vos autres esclaves et l'essentiel de votre bagage princier – et permettez-moi, pour autant que la visite d'Alexandrie et de Canope vous ait agréé, ô Seigneur Lucius, d'être votre guide, à la tête de notre propre escorte, et de balayer toute difficulté de votre chemin. Je connais toute l'Égypte ! J'ai déjà guidé bon nombre d'Excellences... jusqu'aux sources du Nil, jusqu'à ces sources mystérieuses. Nous emporterons des tentes et louerons des chameaux s'il le faut, mais croyez-m'en : ne descendez jamais dans d'autres *diversoria* égyptiens que *notre* maison d'Hermès, car ils sont tous mauvais, mauvais, mauvais... indescriptiblement mauvais, ô Excellences !

— Caleb, dit Lucius, j'allais précisément te proposer ce que toi-même me proposes : d'être notre guide jusqu'aux colonnes de Sésostris et de louer pour moi une embarcation, afin que nous remontions le Nil.

— Ô mes Seigneurs ! s'écria Caleb ravi et visiblement soulagé. Vous m'en voyez infiniment heureux ! Car je suis persuadé que vous jouirez de tout le confort nécessaire et que vous voyagerez agréablement et que vous, ô Seigneur Catullus, déjeunerez comme vous le faisiez en ville. D'autant que nous ne négligerons pas d'embarquer nos propres vins à bord, les vins pourpres de Maréotis, épais comme l'encre, et la liqueur jaune topaze de Napata.

— Est-il indispensable de se fournir de cette dernière, Caleb ? demanda malicieusement l'oncle Catullus. Nous nous rendons en Éthiopie, après tout ?

— Et en cours de route, Seigneur ? Avant que nous n'arrivions en Éthiopie ? Par-dessus le marché, laissez-moi vous préciser que les liqueurs éthiopiennes doivent d'abord descendre le Nil avant d'acquérir ce bouquet et cette saveur généreuse qu'elles ne possèdent *pas encore* en Éthiopie.

— Pourvu qu'elles ne perdent pas ce bouquet, Caleb, en remontant le Nil, railla l'oncle Catullus.

— J'y veillerai en personne, assura Caleb, qui tenait l'oncle à l'œil, de même que Catullus surveillait Caleb. J'y veillerai personnellement. Rapportez-vous-en à moi.

— Nous nous en rapportons à toi pour tout, Caleb. Prépare la thalamège pour demain, dit Lucius.

— Dans ce cas, nous remonterons le Nil après-demain, Seigneur », dit Caleb, à la fois content et ravi, et il se retira en multipliant les salamalecs.

Dans la palmeraie, maître Ghizla, qui se donnait beaucoup de mal pour paraître occupé près du petit canal, mais qui, en réalité, trépignait, impatient de connaître le résultat des conseils de Caleb, s'entendit un murmure à son oreille :

« Frère...

— Eh bien, Caleb, demanda Ghizla, anxieux et un peu pâle.

— Ils louent la thalamège... Ils ne descendront dans aucun autre *diversorium*... Ils dormiront dans *nos* tentes, ils voyageront avec *nos* chameaux et...

— Eh bien, frère Caleb, quoi d'autre encore ? demanda Ghizla en se frottant les mains.

— Ils boiront *nos* vins... jusqu'à Napata !

— Où *tu* feras semblant d'embarquer une nouvelle cargaison de liqueurs ?

— Remets-t'en à moi, frère Ghizla, remets-t'en à moi !

— Les dieux te bénissent, frère Caleb. Que Thot, Hermès et Sérapis te bénissent. Vite, allons vérifier si les réserves de nos caves sont suffisantes ! »

Une averse soudaine s'abattit, comme si, du ciel, quelque invisible dieu de l'eau eût déversé une urne. Les deux frères, leurs habits relevés, jambes nues, traversèrent en grand-hâte les flaques de la palmeraie et se dirigèrent vers leurs celliers, les uns chauds comme des coupoles de pierre au soleil, les autres refroidis par un double mur creux rempli de neige.

XIV

Dans la calme nuit, la silencieuse nuit, le Delta était inondé par les eaux bienfaisantes du fleuve sacré. De la bouche Canopique à la bouche Sébennytique, de la bouche Phatmétique en passant par la bouche Mendésienne jusqu'à la Pélusiaque, le Delta était inondé : une mer calme et silencieuse dans la nuit, une vaste étendue d'eaux argentées, sans même un clapotis, incommensurable sous la vive clarté de la pleine lune. Les canaux argentés, emplis d'eau à ras bords, striaient les bandes de terre entre les différentes embouchures du fleuve. Le long des roseaux en fleur, des lotus et des nymphéas en fleurs, la grande embarcation, comme un rêve, glissait vers le Haut Nil.

Seul troublait cette insonorité le ruissellement des avirons.

La nuit était silencieuse, immensément vaste. On eût dit que la lune, là-haut, avait inondé le ciel, tout comme le fleuve, ici-bas, la terre sacrée. On eût dit que le flot de clarté lunaire imprégnait également le ciel sacré d'une mer calme, sans un clapotis, mais il s'agissait d'une mer de lumière. La nuit était pareille à un jour sans bruit, argenté ; la nuit était pareille à un fantôme de jour. Dans cette inondation de lumières célestes, les étoiles pâlissaient, innombrables, comme une poudre d'argent semée par le clair de lune. À cet endroit s'étendait le lac de Bouto, vaste et sacral. Des îles surgissaient, auprès d'autres îles. Des groupes de palmiers se dressaient, immobiles, nobles et gracieux. Un sanctuaire apparut, puis s'évanouit par le travers, cependant que l'embarcation glissait – onirique tableau –, suivant un virement du canal. Les maisons de campagne formaient une chaîne paisible. Des langues de terre émergeaient, comme autant de caps argentés. On distinguait de hautes digues et des emblaves* où la lueur du crépuscule tournait à l'or et où les gerbes étaient pareilles à des figures de dieux, rassemblées en une théorie sacrée contre le mur d'une grange. Un effluve singulier se dégageait en flottant : un arôme frais comme celui de fleurs toujours humides.

La silhouette d'un village surgit. Deux hameaux se succédèrent, séparés par un sanctuaire et une enfilade de maisons de campagne. Soudain, dans le lointain, dans cette mer de gloire, dans cette mer de lumière, d'immenses aiguilles soulevèrent du sol leurs contours tremblants, puis se perdirent dans une brume de lumière.

Posté sur le gaillard d'avant, Thrasyllus attira l'attention de Cora :

« Les obélisques de Saïs... »

Parcourue d'un frisson, elle tourna la tête mais ne dit rien. L'embarcation, cet après-midi-là, avait quitté Naucratis en empruntant les canaux qui sillonnent le nome* de Saïs. Ils approchaient précisément de Saïs, la capitale de toute la Basse-Égypte. On apercevait déjà l'avenue d'Anubis. Et soudain, au détour d'un méandre, entre de très hauts roseaux aux houppes fleuries et courbés devant l'embarcation, Thrasyllus indiqua :

« Le temple d'Isis-Neith... »

Il y avait là des sphinx, paraissant hausser jusqu'à la lune et au ciel leurs têtes basaltiques en prière. Lampes et lumières scintillaient comme des étoiles. La thalamège s'immobilisa. Des ordres retentirent, et des matelots amarrèrent l'embarcation.

« Le temple d'Isis-Neith », répéta Thrasyllus à l'adresse de Lucius, qui s'approchait, accompagné de Catullus et de Caleb.

Tous étaient drapés dans de longues tuniques blanches de lin. Cora était vêtue de même, dans une longue tunique blanche de lin très ajustée. Ses tempes s'ornaient d'une couronne d'épis de blé et de fleurs de lotus. Car c'était la Fête des Lampes Enflammées, la Nuit des Lumières Rougeoyantes.

« Nemu-Pha m'attend dans le temple, dit Thrasyllus. Je lui ai écrit, et il a consenti à me recevoir. C'est le grand-prêtre d'Isis et, cette nuit, il reçoit qui demande à le consulter. Je pensais d'abord, Lucius, m'y rendre seul. Nemu-Pha est un des prophètes les plus saints d'Égypte. Un seul mot de lui me permettra peut-être de faire de grandes découvertes. Si tu m'accompagnais, le cerveau encore malade, hanté par une seule pensée, tu romprais le fil mystique qui pourrait se tisser entre l'esprit du grand-prêtre et le mien. Laisse-moi y aller seul. Je n'ai de souci que ton bonheur... même si nous ne sommes pas d'accord sur les moyens d'y parvenir.

— Va, Thrasyllus, dit Lucius.

— Je ne crois pas que je débarquerai, dit l'oncle Catullus. La Fête des Lampes Enflammées et la Nuit des Lumières Rougeoyantes ne me disent rien. C'est terne et sans gaieté, et cela débouchera sur une orgie sépulcrale. Je suis trop vieux et trop gros, Lucius, pour les orgies sépulcrales. Débarque tout seul et amuse-toi comme il convient de nos jours. »

Lucius rassembla ses esclaves des deux sexes. Tous étaient vêtus de longues tuniques blanches, les femmes couronnées d'épis de blé et de fleurs de lotus.

« Cette nuit, vous êtes tous libres, dit Lucius. Vous disposez d'une nuit de liberté. Jusqu'au lever du soleil, vous n'appartenez qu'à vous-mêmes. Allez et faites ce que bon vous semble. »

Rufus ne leur distribua qu'une maigre somme. Les esclaves s'inclinèrent profondément et disparurent entre les palmiers en direction de la ville illuminée par la lune et scintillante d'étoiles.

Seule une garde de matelots surveillait l'embarcation. L'oncle Catullus se retira dans sa cabine. Tarrar, qui ne voulait pas non plus débarquer, s'étendit devant la porte de son maître. La Fête d'Isis en faisait frémir plus d'un, que leur jeunesse n'avait point accoutumés à semblable mysticisme frémissant.

Thrasyllus était parti. Lucius aussi était descendu à terre. Il aperçut Cora qui hésitait entre les palmiers, tandis que les autres femmes esclaves étaient déjà parties joyeusement afin de profiter de leur nuit de liberté.

« Cora, dit Lucius, pourquoi ne rejoins-tu pas tes compagnes ?

— Maître, répondit Cora, si vous le permettez, je préfère rester ici.

— Tu es libre, cette nuit.

— Que ferais-je de ma liberté, Maître ?

— Tu peux faire ce qui te plaît. Aller au temple et voir l'Isis voilée. Et t'amuser à ta guise avec qui tu veux. »

Elle baissa les yeux et rougit.

« Cette nuit, c'est la liberté pour tous les esclaves, hommes et femmes. »

Elle se tordit les mains, presque suppliante.

« Maître, le pria-t-elle, souffrez que je demeure ici, près du bateau. J'ai peur de la liberté et de cette ville étrange.

— Fais comme tu l'entends », dit Lucius.

Il partit seul. Il frissonnait de solitude, à cause de cette nuit étrange et illuminée comme en plein jour. Une blanche mélancolie se répandait, comme émanée de son âme. Il se sentait désemparé. Il aurait préféré accompagner Thrasyllus... Il lui eût été égal d'aller se coucher. Il avait un instant envisagé de demander à Cora de l'accompagner, mais il n'avait point jugé cela en accord avec sa propre dignité.

Il partit seul, dans son habit blanc, sous une profusion de clarté lunaire. Comme cette nuit était étrange, tout de blancheur et parcourue de frémissements. Il approchait de la ville. On n'entendait que la trépidation monotone des sistres, qu'avaient apportés les pèlerins vêtus de longues tuniques et qui se rendaient au temple en procession. Devant toutes les maisons en bordure de la route, devant les fenêtres et les portes, brûlaient les lampes et, dans des vases remplis d'huile, les mèches se consumaient. Un scintillement d'étoiles d'un étrange jaune pâle pailletait le clair de lune. On eût dit une cérémonie funèbre. C'était aussi la nuit où Isis avait rassemblé les membres dispersés de son frère et époux Osiris, assassiné par Typhon, écartelé et répandu sur toute l'Égypte.

Les processions affluaient au temple. Tout le long du chemin, accompagnées par un chant monotone, les hiérodules et les prêtresses dansaient, main dans la main, s'étirant en cortège. Elles adressèrent des sourires aux nombreux étrangers venus à Saïs pour y vivre cette nuit. Les étrangers leur retournèrent leurs sourires et choisirent leurs prêtresses, en compagnie desquelles ils s'éloignèrent, d'abord en direction du temple, puis au-delà.

Trois hiérodules sourirent à Lucius. Elles dansaient autour de lui. Il ne voulait pas les rudoyer, mais il se sentait abandonné. Il sourit à son tour, d'un air bienveillant, mais le regard terne.

« Voulez-vous que nous vous accompagnions ? demanda une des hiérodules.

— Soit, dit Lucius. Nous rendrons-nous au temple ?

— Si tel est votre souhait. »

Elles le précédaient et lui faisaient escorte. Elles étaient vêtues de tuniques blanches ajustées et portaient des épis de blé ainsi que des fleurs de lotus dans les cheveux. Elles étaient douces, affables, dociles, jeunes comme trois petits enfants.

Le long des rues affluait la foule blanche. Les obélisques du dromos apparurent. Le temple se dressa, gigantesque et mystérieux, avec ses nombreux empilements de constructions et de terrasses carrées. Des rangées de pylônes gigantesques se perdaient dans la nuit lunaire. Partout trillait la mélodie monotone des sistres, partout les lampes scintillaient. Lucius sentait monter en lui une incommensurable tristesse, à cause de la vie et de la mort, à cause des autres, à cause de lui-même.

Les hiérodules le guidaient. Elles étaient aimables et courtoises, ravies de la compagnie du bel étranger, aux désirs de qui elles se plieraient, ainsi que leur devoir leur prescrivait cette nuit.

Ils entrèrent dans le pronaos et le secos. Parmi l'immensité des propylées, les innombrables sistres, par leurs trilles continuels, donnaient la chair de poule, transmettant une vibration qui n'était plus du domaine de la musique, comme si, tout alentour, ces trilles se fussent communiqués aux pylônes et aux colonnes mêmes, et jusqu'à la terre. Soudain, un grand froid fit frissonner Lucius.

Dans le Saint des Saints surgit l'Isis voilée. C'était une immense statue, haute de cinq toises, entièrement entourée d'une pellicule argentée et bordée d'hiéroglyphes. Au-dessus de l'image, sur l'architrave, on pouvait lire :

JE SUIS QUI A ÉTÉ,

EST

ET SERA,

ET NUL N'A SOULEVÉ MON VOILE.

Autour de la statue, les vases brûlants et les lampes rougeoyantes scintillaient par milliers, enveloppés d'une brume de lumière et d'un parfum d'encens. Autour de la statue se déroulaient la danse ininterrompue des hiérodules et l'office des sacrificateurs, toute la nuit durant.

L'on entendait toujours, obsessionnel, le trille des sistres, et c'était comme si ce trille eût gagné l'immensité du temple.

Lucius, conduit par les trois femmes, déposa son offrande au pied d'un des nombreux autels. Le prêtre prononça les paroles sacrées. Lucius versa sa libation et tendit une pièce d'or.

Il se sentait éperdument malheureux.

« Seigneur, prononça une des femmes, voulez-vous que nous vous accompagnions toutes les trois dans une des salles du temple ? Ou voulez-vous que deux d'entre nous s'en aillent ? »

Ces manières courtoises, semblables à celles de jeunes enfants bien élevés, leur valurent un faible sourire. Le regard mélancolique, il dit :

« Je suis malade, très malade. Je crois que je vais rentrer seul.

— Vos yeux sont pleins de chagrin, Seigneur », dit une des hiérodules. Et une autre ajouta :

« Ne pouvons-nous vous consoler et vous guérir ? »

Lucius secoua la tête.

« Laissez-nous vous raccompagner », dit la troisième.

Ils quittèrent le temple.

« J'habite sur le fleuve, dit Lucius. Je suis venu à bord d'une thalamège. »

Ils marchèrent côte à côte, comme des ombres. Près de l'embarcation, Lucius déclara :

« Me voici rendu. Laissez-moi vous remercier et vous payer. Que la sainte Isis vous garde !

— Puisse la sainte Isis vous guérir, Seigneur », dirent les hiérodules.

Il leur donna une pièce d'or à chacune. Elles disparurent dans la nuit, comme des ombres. Mais sous les palmiers, se devinait une autre ombre. C'était Cora.

« Je suis malade, dit Lucius. Je suis revenu.

— Voulez-vous vous coucher, Seigneur ? s'enquit Cora.

— Non, je ne pourrais pas dormir, répondit Lucius. Cette nuit est étrange et irréelle. Je coucherai ici, sous les palmiers.

— Je m'en vais, Seigneur.

— Reste, dit-il. Je suis malade et me sens seul. Reste.

— Souffrez que j'aille vous chercher un manteau et un oreiller, Seigneur…

— Soit… »

Elle disparut dans l'embarcation pour revenir avec l'oreiller et le manteau. Elle le couvrit et lui glissa l'oreiller sous la tête.

« La nuit est étrange, reprit-il. Et irréelle. Elle est blanche comme le jour. Il ne se forme pas de rosée. Je veux rester ici jusqu'au retour de Thrasyllus. Mais reste, toi. Je suis malade et seul.

— Que puis-je faire, Seigneur ? Je ne puis chanter : seul le sistre peut retentir cette nuit.

— Danse pour moi. Bouge… dans le clair de lune. Peux-tu danser sans accompagnement ?

— Oui, Seigneur », dit Cora.

Il était à présent étendu sous les palmiers. Dans la brèche ouverte par le clair de lune, près des hauts roseaux de la rivière, Cora dansait. Elle se tortillait comme une naïade blanche sortie du fleuve. Elle prenait des poses hiératiques, silencieusement. Elle adorait Isis, les mains levées vers la lune. Elle était très souple et élancée, très blanche, les tempes ornées de fleurs blanches et d'épis de blé.

Il la regardait sans bouger. Une seule pensée l'occupait. Où Ilia pouvait-elle se trouver et qui pouvait être son ravisseur ? Car il n'y avait pas eu plus d'un ravisseur…

Lorsque, dans le tard de la nuit, Thrasyllus revint, il trouva Lucius endormi sous les palmiers et Cora qui veillait sur lui.

« Le maître dort », dit Cora.

Et elle demanda :

« Dis-moi, Thrasyllus... Qu'a dit Nemu-Pha... ? »

Le vieux pédagogue, l'air sombre, dit :

« La sagesse des siècles a sombré dans la nuit du temps. L'Égypte n'est plus l'Égypte. Saïs n'est plus Saïs. S'il reste une once de sagesse à trouver en ces lieux, je ne la trouverai pas près de la mer ou dans le Delta. Nous avons ici le grenier et l'*emporium* du monde entier, soit... mais pas davantage. Derrière son voile, la grande Isis dissimule l'inanité et la vénalité de ses prêtres, dont l'unique fierté consiste désormais à vendre en grand secret la parole : *soyez votre propre divinité*... Cette parole ne me satisfait pas. Mais enfin, il y a Memphis et Thèbes... et j'ai encore l'espoir, Cora, d'y trouver la parole divine qui le guérira... »

Le vieil homme monta dans l'embarcation. La nuit basculait. Au loin, dans Saïs, le scintillement des lampes allumées déclinait.

À l'orient, comme à travers une écluse éventrée, la lumière se forçait un chemin. De longues îles rosâtres semblaient flotter dans un océan d'or en fusion. Un long vol de grues, dont la noirceur se découpait sur le ciel doré, prit son essor à la rencontre du jour. Des coqs chantèrent et, sur les eaux du lac Buto, les premières fleurs de lotus ouvrirent leurs blancs calices. Du carmin semblait s'en être écoulé, se répandant çà et là sur les stries calmes et argentées des canaux, et les flaques étaient d'un rouge pourpre.

XV

Les voyageurs avaient quitté Saïs après avoir visité, dans le temple d'Athéna, la tombe de Psammétique*, fils de Nékao, fondateur de la vingt-sixième dynastie, un des douze souverains de la Dodécarchie* qui, après la mort de Séthos*, s'étaient partagé l'Égypte[1]. Psammétique, éclairé par les oracles, vainquit et expulsa les onze autre rois, et régna seul à Memphis, puis à Saïs. Sa tombe y était vénérée. Un oracle était préposé à sa surveillance, et Lucius n'avait pas manqué de le consulter.

Ensuite, il avait consulté le Mantéum - ou oracle de Latone* - à Buto, sur une île du lac. Puis il avait visité Xoïs, Hermopolis, Lycopolis, Mendès et tout le nome de Sébennite, où pullulaient les oracles et les sanctuaires. À Mendès, on vénérait le dieu Pan, et un oracle parlait par la flûte du dieu. Le bouc y était consacré, et les prêtresses lui rendaient un culte dans une frénésie dionysiaque. Les voyageurs visitèrent ensuite Diospolis et Léontopolis, Bousiris et Cynopolis, ainsi que tout le nome de Bousiris.

Toutes ces villes, reliées par une multitude de villages, couvraient les îles du Delta submergé, à la population dense et aux cultures luxuriantes. Les grandes fermes et les maisons de campagne se succédaient le long des canaux, qui se trouvaient presque à dégorger leurs flots d'eau. Les épis de blé mûrissants gonflaient

---

[1] En 671 avant Jésus-Christ. (Note de l'auteur)

le long des rives et les bœufs, tout à paître dans les pâturages de hautes herbes, avaient le poil luisant. Dans ces derniers jours d'Epiphi*, le mois d'été, les grasses campagnes s'embaumaient du parfum étrange et moite d'indicibles fleurs que la rosée eût sans cesse humectées. Le soleil était chaud mais ne flambait pas, comme si les vapeurs émanant de tant d'eaux tempéraient toute incandescence. Les vifs rayons ne brûlaient pas, comme s'ils s'abreuvaient continuellement à l'humidité ambiante. Des marécages, qui avaient transformé le Nil en autant de lacs, s'élevait, sans le moindre miasme, l'arôme des fleurs aquatiles : le lotus, le nymphéa et le nénuphar.

Les pluies paraissaient avoir cessé. Il semblait que les nilomètres eussent atteint la cote maximale. Seule la rosée matinale abondait le plus souvent, comme de la pluie. Mais les jours s'écoulaient dans la gloire immaculée d'un éclat solaire tempéré par les vapeurs d'humidité, tandis que la terre luxuriante et embaumante s'étendait sous des cieux égaux qui se teintaient de rose le matin, de bleu le midi, d'or le soir, dans une fusion progressive des teintes, sans un seul nuage. À peine une brise soufflait-elle le soir. L'atmosphère demeurait à proximité idéale d'une chaleur modérée, paradisiaque, et cette chaleur estivale était fraîche et modérée.

La thalamège remontait le Nil dans un glissement. Le fleuve était large comme une mer. Partout sous le soleil de midi, les flaques qu'avaient laissées les eaux miroitaient entre les fermes, les maisons, les sanctuaires. Dans l'humidité de la lumière brumeuse, tout horizon fourmillait de silhouettes de villes, avec les aiguilles de leurs obélisques. À tout moment, les bouquets compacts des palmiers dessinaient des baldaquins presque réguliers, quand ce n'étaient les sycomores qui traçaient une allée le long du fleuve ou les tamaris qui grouillaient, leurs branches jetant de fines ombres estompées, comme des zébrures bleuâtres sur de l'or.

Là s'étendaient le nome d'Athribis et celui de Prosopis, dont la capitale est Aphroditopolis. Lucius y débarqua avec une suite imposante. La ville, consacrée à Aphrodite, n'est peuplée que de hiérodules – prêtres et prêtresses de la déesse. Il y consulta l'oracle.

Le lendemain matin, après l'orgie, Lucius était étendu sous le triple velum de la thalamège, laquelle continuait de remonter le courant. Autour de lui se dressaient des écrans de roseaux tressés et transparents, entretissés de fleurs. Thrasyllus était assis à côté de lui.

« Nemu-Pha m'a rapporté, dit Thrasyllus, que Platon aussi bien que Pythagore sont restés des années et des années sur les marches du temple d'Isis avant d'être jugés dignes d'entendre un seul mot de la Sagesse Hermétique. Certes, je n'aurais pas imaginé un instant que Nemu-Pha me dévoilerait cette Sagesse Hermétique. Par contre, j'espérais bien apprendre n'eût-ce été qu'un seul mot sacré qui m'eût permis, dès lors que j'eusse poursuivi ma propre méditation, de dévoiler, Lucius, le secret de ton bonheur. Mais Nemu-Pha ne m'a pas dit ce mot. Et pourtant, mon enfant, il m'a fallu délier les cordons de ma bourse pour obtenir l'honneur d'être admis en son sanctuaire. Je suis bien triste d'avoir gaspillé ton argent. »

Lucius sourit et dit :

« Pourtant, les oracles, même s'ils ne satisfont jamais entièrement les questionneurs, énoncent des choses plus qu'étranges, et qui leur font impression, Thrasyllus. Te l'avouerai-je ? J'ai le ferme espoir de découvrir un jour qui m'a ravi Ilia. Et le jour où je le saurai, je n'aurai de repos que je ne l'aie fait périr de mille morts atroces.

— C'étaient des pirates, Lucius, répondit évasivement Thrasyllus, à moins qu'Ilia ne se soit noyée.

— Il n'y avait qu'*un* ravisseur, Thrasyllus, rétorqua Lucius. Tous les oracles ne parlent désormais que d'un seul ravisseur. J'en arrive à le voir devant moi. Le misérable ! »

La thalamège laissa Latopolis sur sa droite. À gauche, à plus grande distance du fleuve, surgit de la brume Héliopolis. Ils approchaient de Babylone, mais devaient poursuivre leur route jusqu'à Memphis.

« Regarde, dit Thrasyllus, tressaillant de ravissement. Les pyramides ! »

Lucius tourna la tête, plein d'intérêt. Là-bas, à l'horizon, telles une immense géométrie mystique, les pyramides, se découpant triangulairement sur le ciel d'un rose matinal, annonçaient Memphis. Il semblait que les dieux eussent tracé des lignes éternelles de la terre jusqu'aux cieux.

« Les pyramides ! » répéta Lucius, comme gagné par une impression mystique.

De l'autre côté, Héliopolis se dessinait plus clairement, juchée sur une colline, avec son sanctuaire dédié au taureau Mnévis*. Babylone, faubourg de Memphis, paraissait un essaim sur la rive du fleuve, visible par une allée de sycomores, avec la silhouette crénelée de ses forts. Soudain, au détour d'une palmeraie, surgit Memphis...

« Memphis ! » s'"écria Thrasyllus. Et l'oncle Catullus, qui sortait de sa cabine, reprit, le doigt pointé vers la ville : « Memphis ! »

La vieille capitale égyptienne s'étendait, cyclopéenne, mastodontesque, massivement silhouettée par ses sanctuaires ramassés et grisâtres, et, le long du fleuve, un portique de pylônes géants. Derrière la massivité séculaire des édifices s'effilaient les fantômes des pyramides.

Thrasyllus braqua ses longues jumelles de cristal vers l'horizon.

« Là... ! dit-il en tremblant. Le monument le plus sacré de l'Égypte ! Le grand Sphinx, l'immense Neith, la Sagesse toujours muette ! À côté de la deuxième pyramide, cette forme indistincte d'un animal gigantesque, inerte ! »

L'embarcation s'immobilisa et l'on jeta les amarres. Caleb proposa de débarquer.

Ici, sur les quais, cessait le règne exubérant, tumultueux des cultures et des commerces. Sous les palmiers, ce n'était plus l'agitation et la cohue métropolitaines d'Alexandrie, halles et *emporium* du monde entier. Seuls quelques marchands de fruits se tenaient accroupis devant leurs denrées. Ils poussèrent des cris à la vue des étrangers et offrirent des tranches de melon et du lait de noix de coco. Çà et là un Égyptien, avec ses longs yeux fendus, rêvait accroupi. Les quais étaient vieux, gris, vastes et désertés. Même l'embarcation des étrangers n'éveillait guère de curiosité. Quelques enfants qui jouaient se regroupèrent lorsque les deux litières furent descendues à terre.

Caleb éprouva quelques difficultés à louer deux chameaux pour lui-même et Thrasyllus, mais il parvint finalement à ses fins. Le cortège s'ébranla. Les gardes en armes de Caleb – la présence de pillards dans le désert rendait en effet une escorte nécessaire – entouraient les litières. Et le long des quais, sous les palmiers, les étrangers prirent la direction de la ville. Caleb les précédait, car lui connaissait le chemin et la ville.

La ville était sombre, immense et vide, mais Lucius, particulièrement impressionnable, subissait l'envoûtement de ce Passé. Car Memphis, c'était le Passé séculaire. Cette ville avait compté jusqu'à six cent mille habitants. Elle n'en comptait plus désormais que quelques milliers, et les rares passants se perdaient par les larges rues. De loin en loin, de grandes maisons en ruine laissaient voir, par l'entrebâillement de volets rouge minium, un visage de femme piailleur.

Ô dieux, quelle grandeur ! Quelles lignes, quels espaces de plaines désertes, quelles enfilades de pylônes à hauteur de ciel... ! Et là-bas, le *Sérapeum*, au bout d'une interminable allée de six cents sphinx, disposés en six rangées de cent sphinx, ces incarnations de la Sagesse toujours muette, ces femmes-lions qui étaient la sagesse de Neith ! Quelles statues colossales, sculptées dans un seul bloc, pointées vers le ciel et couronnées de diadèmes de pschent. Partout le silence, la désolation et, sous les pieds des porteurs libyens, la poussière des siècles qui tourbillonnait dans une succession de nuages compacts.

Caleb s'engagea en tête dans l'allée de sphinx. Ces sphinx s'alignaient, sages lionnes aux visages de femmes pétrifiés, telles les gardiennes éternelles du Secret. Certaines s'enfonçaient déjà dans le sol sablonneux, disparaissaient, les pattes de devant étendues. D'autres se tenaient de guingois, basculées par la poussée des siècles. Ici, les pharaons eux-mêmes étaient passés en saintes processions ! Ici, Moïse et Hermès Trismégiste* avaient foulé le sol. Ici avait erré Joseph, l'oniromancien*. Ici, enfin, Cambyse*, avec ses hordes perses, avait par sacrilège marché sur l'Égypte. C'était Memphis, Memphis la trois fois sainte, déjà profanée bien des siècles auparavant, morte à présent, et s'engloutissant dans les sables gloutons du désert, portés depuis les confins de l'ouest ! La ville était destinée à s'engloutir dans les sables ! Ce Passé replongerait dans les entrailles de la terre !

Soudain, la crainte mystique de CE QUI A ÉTÉ fit frissonner Lucius. Et sa propre vie, sa propre souffrance lui parurent infimes...

Ils approchèrent du sanctuaire, dressé comme une ombre immense. De derrière toutes les portes surgit un essaim de prêtres de Sérapis, prêtres subalternes et huissiers, qui avaient aperçu les étrangers. Ils s'alignèrent devant l'entrée, en disposition d'attente.

Caleb prit la parole.

« Voici les Excellences latines de haut rang, cousines du divin empereur de Rome, Tibère, loué soit son nom. Elles désirent voir le Taureau sacré...

— Apis, dit le prêtre le plus âgé.

— Celui qui est Osiris, sous l'espèce sacrée du Taureau, reprirent d'autres prêtres, sur quoi d'autres encore se mirent à parler en oracles :

— Et qui a tiré la charrue à travers les champs de la sainte Égypte quand, avec d'autres dieux, il s'est déguisé sous des apparences animales...

— Sous l'œil de Jupiter Amon, qui voulait régner seul...

— Lui-même », dit Caleb, se balançant pour descendre de son chameau.

Les prêtres firent cortège, tandis que les voyageurs mettaient pied à terre et que Thrasyllus descendait de son chameau. Ils entonnèrent l'hymne d'Apis, comme il était d'usage quand des étrangers se présentaient. Car dans l'immense cité morte de Memphis, à peine peuplée de quelques milliers d'habitants perdus dans les espaces de la vieille capitale mystique de l'antique et sainte Égypte, seul le culte d'Apis était maintenu en vigueur, tous les étrangers désirant admirer le taureau divin. Le pourboire qu'ils remettaient aux prêtres constituait la principale ressource de leur confrérie. Le temple menaçait ruine, les immenses pylônes semblaient vaciller, les gigantesques architraves penchaient vers l'avant, les colosses s'érodaient sous l'action des pluies et finissaient par se briser – comme si les siècles eux-mêmes se fussent chargés de cette mutilation – et les sphinx s'engloutissaient dans les sables. On avait toutefois maintenu en vigueur le culte du Taureau Apis à cause des étrangers et des pourboires.

Un jeune prêtre qui parlait quelques mots de latin fut adjoint à Lucius, et il se plaça à côté de lui, respectueusement.

« Il est regrettable, dit le jeune prêtre – ce que disant, il souriait d'un sourire joyeux –, que Sérapis ne vous ait point conduit un mois plus tôt à Memphis. Car vous eussiez alors, noble Seigneur, assisté à la mort d'Apis et à sa résurrection...

— Comment cela ? interrogea Lucius.

— L'incarnation du dieu dans le taureau sacré, expliqua le charmant jeune prêtre en souriant, dure un quart de siècle. Après s'être incarné vingt-cinq ans dans le taureau, le dieu disparaît de l'animal, qui est alors sacrifié. Les prêtres le noient dans le Nil avec toutes les solennités requises, embaument sa dépouille sacrée et célèbrent ses obsèques au cours de cérémonies particulières... Quel dommage, Seigneur, que vous soyez arrivé trop tard. Après les obsèques, ils se mettent à la recherche du jeune Apis, ils le cherchent à travers toute la sainte Égypte. Le plus souvent, ils ne sont pas longs à le trouver, car la divinité se réincarne incontinent dans un taureau nouveau-né, et s'il omet de le faire, le malheur est si grand qu'un deuil national est décrété, et cette catastrophe présage la famine et d'effroyables plaies. Mais Sérapis-Osiris aime son Égypte, et il est rare qu'il tarde à se réincarner. Nous avons pu cette fois célébrer aussitôt après les obsèques d'Apis la bénédiction de sa venue au monde...

— Et où Apis a-t-il été trouvé ? demanda Lucius.

— À la ferme de mon père, qui est cultivateur, répondit le charmant jeune prêtre avec un sourire malicieux. Je suis fils de cultivateur, et lorsque Apis est né dans nos étables, mon père m'a consacré à Osiris afin que je prenne soin du dieu. Je ne suis pas ici depuis plus d'un mois. Je suis venu avec Apis. »

Et il sourit, ravi, jeune et heureux. Le soleil brûlait encore ses joues duveteuses ; ses bras étaient puissants comme ceux d'un jeune paysan, d'un jeune berger.

Le chœur des prêtres se rangea devant un secos, un carré d'herbe entouré de colonnes.

« Nobles Seigneurs, dit le charmant prêtre, voici le secos de la mère d'Apis. Nous allons vous la montrer...

— Elle vient donc, elle aussi de la ferme de votre père ? demanda l'oncle Catullus.

— Très certainement, répondit le prêtre sans se départir de sa malice.

— C'était écrit », commenta l'oncle.

Le jeune prêtre ouvrit le portail du secos. Tout au bout se trouvait l'étable sacrée, occupant un espace aussi vaste qu'un temple. Le prêtre disparut dans l'ombre.

Lorsqu'il réapparut, il menait, par la seule pression de sa main sur son flanc d'un blanc neigeux, une belle vache au poil luisant.

Il la conduisit devant les étrangers. Elle étincelait d'avoir été bien soignée et nourrie. Elle possédait des yeux calmes, semés de reflets d'or bleuâtre, ravissants, grands, doux et féminins, les yeux d'Héra* en personne. Ses cornes étaient dorées et ses sabots peints en rouge.

Le charmant prêtre, donc, la conduisit devant les étrangers, ravi que la mère d'Apis fût si belle.

« N'est-elle pas belle ? » demanda-t-il fièrement.

Les étrangers, tout sourire, en convinrent. Le prêtre, avec une familiarité emplie de respect, caressa son flanc d'un blanc neigeux et montra qu'une de ses pattes était noire. Puis il l'embrassa gentiment, respectueusement sur son mufle humide, et la reconduisit jusqu'au temple qui lui tenait lieu d'étable, la guidant par la pression de sa main. Elle s'en alla avec noblesse, comme si elle était consciente de sa haute et sainte dignité, qui n'avait toutefois d'autre raison d'être que les étrangers et leurs pourboires.

Le prêtre revint en souriant, et les autres prêtres entonnèrent l'hymne.

Les manières affables des prêtres rappelèrent à Lucius qu'il n'en serait pas quitte sans bourse délier.

Il fit signe à Caleb. Entre celui-ci et le prêtre s'engagea une négociation souriante et rusée. Car Caleb tentait toujours d'acquitter les pourboires qu'il distribuait au nom de Lucius avec une libéralité légèrement inférieure aux sommes portées en compte sur ses longs rouleaux de papyrus et la plupart du temps, il s'y entendait à merveille.

Mais le charmant prêtre alliait à l'espièglerie une courtoisie et une ruse extrêmes, et la négociation, menée en un secret quoique amusant conciliabule, s'éternisait... De sorte que Lucius, dissimulant son impatience sous un sourire, demanda :

« Pouvons-nous voir Apis en personne à présent ? »

Et de sorte que Caleb, mécontent, paya. Mais le charmant prêtre ne se départit point de ses charmantes manières, et les autres prêtres chantèrent en introduisant les étrangers dans le propre secos d'Apis.

Ce sanctuaire était encore plus vaste et plus impressionnant que celui de la vache blanche, la mère taurine. Une esplanade bordée d'obélisques y conduisait, et le charmant prêtre passa l'entrée, qui était flanquée de deux sphinx. Mais les colonnes, les obélisques, les sphinx, tout semblait pencher, vaciller, éclater d'antiquité.

Les prêtres chantaient l'hymne quand soudain, pareil à une tornade, un jeune taureau bondit hors de l'étable et s'avança sur la prairie. C'était Apis. Les prêtres levèrent les bras et entonnèrent des chants d'adoration.

Mais autant sa mère s'était montrée digne et consciente de sa noblesse, autant Apis manifestait sa nature divine avec toute la fougue de sa jeunesse impétueuse. Il galopait sur l'herbe, heureux d'avoir été libéré de l'étable, et le charmant prêtre se mit à le poursuivre en riant. Il ne parvint cependant pas à l'attraper par son collier doré et, hors d'haleine, dit fièrement :

« N'est-il pas beau et joueur ? N'est-il pas adorable, notre Apis ? »

Il était beau, joueur et adorable, les étrangers en convinrent. C'était un magnifique taurillon. Sa peau luisait, d'un noir de jais. On l'avait peinte selon les saintes prescriptions, sans lesquelles il n'est point d'incarnation : une lune blanche, sorte de petite couronne de neige, dessinait une serpe entre ses cornes dorées, et deux autres petites couronnes blanches lui couraient sur le haut des membres antérieurs. Ses yeux brillaient comme des escarboucles derrière lesquelles on eût allumé une lampe, et sous son front crêpelé, son regard était presque humain. Sa nuque pliait déjà sous le poids de sa force et de sa robustesse. Son poitrail était large et sa queue balayait l'air comme un fouet. Ses sabots étaient rouge minium. Il continuait de courir en rond dans son enclos, arrachant des mottes de terre à l'aide de ses cornes et grattant le sol de ses sabots. Le charmant prêtre s'approcha de lui en riant et le saisit, avec respect mais fermeté, par son collier doré. Il lui parla en riant. Apis secoua la tête et se dressa sur ses pattes arrière, et l'on se fût imaginé qu'ils jouaient ensemble comme des enfants, le dieu et le prêtre-berger. Car les mains du jeune prêtre n'abandonnaient pas leur prise, et cet Apis s'ébattait, et le prêtre riait, tous les prêtres et tous les étrangers riaient. Caleb s'esclaffait à grand bruit et l'oncle Catullus se tenait les côtes. Même Lucius ne pouvait s'empêcher de rire et Thrasyllus, lui non plus, n'échappait pas à l'hilarité. Tous riaient à la vue de cet Apis, car c'était un taurillon des plus adorables, beau et folâtre comme un jeune garçon enjoué, avec ses yeux humains qui vous dévisageaient malicieusement, pleins de ruse et d'espièglerie... lorsque, d'un seul coup, il se dégagea de la poigne du prêtre et se remit à courir comme une tornade, faisant voltiger autour de lui les mottes de terre.

« Il est si beau, si joueur ! dit le prêtre, naïvement ravi et enchanté, lorsqu'il revint essoufflé, après avoir à nouveau enfermé le jeune taureau dans le sanctuaire. Mais il est fougueux, très fougueux. Le plus souvent, nous nous contentons de le montrer par la fenêtre de son secos, mais quand autant de prestigieux étrangers viennent l'admirer, nous le laissons gambader... Oui, en cette occurrence, libre à lui de gambader ! Et il n'est pas pour lui déplaire de gambader en présence d'étrangers... »

Le charmant prêtre s'approcha alors de Caleb, qui riait toujours à gorge déployée face à ce jeune Apis si charmant !

S'ensuivit une longue négociation secrète et joyeuse, quoique non dépourvue de gravité.

Car, quelques efforts que déployât Caleb, le jeune prêtre n'en démordait pas du prix d'une si charmante gambade devant de très prestigieux étrangers.

XVI

Le repas champêtre auquel avait pourvu Caleb fut servi en dehors de la ville, dans une ferme près du canal, sous un bouquet de palmiers. Il ne se composait ni de mets délicats ni de vins topaze, épais comme l'encre, mais bien d'œufs brouillés et de *cestreus**, ce poisson de mer qui, certains mois, remonte le Nil, lequel poisson, frit dans l'huile de ricin, constitue un plat ordinaire mais néanmoins savoureux pour des voyageurs affamés qui déjeunent sur l'herbe. Le tout était accompagné de bière mousseuse et d'hydromel – ou eau de miel – et l'oncle Catullus, comblé, fut d'avis que ce repas frugal n'était point à dédaigner et que pour cette fois son estomac ne rebuterait pas à un tel repas bucolique.

Lucius convia Caleb à partager leur déjeuner et le Sabéen, pour qui c'était trop d'honneur, protesta de son indignité et se répandit en salamalecs. Mais il finit par s'accroupir et, les jambes croisées, mangea avec appétit, tout en continuant de rire à la pensée de ce charmant petit Apis qui, pour peu que l'on ne regardât pas à la dépense, courait en rond dans son secos. Les voyageurs avaient prévu de se reposer sous les palmiers et de laisser passer la chaleur de la mi-journée avant le départ pour les pyramides. Caleb, en effet, avait renvoyé les litières à la thalamège et avait loué à la ferme quatre bons chameaux, dont deux pourvus, à l'intention des deux Excellences, de selles qui consistaient en tapis bariolés étendus sur la croupe des bêtes.

Le fermier et la fermière, ravis de cette visite lucrative, tendirent des toiles sous lesquelles les étrangers pourraient faire la sieste et placèrent des nattes sur le sol. L'oncle Catullus, quant à lui, réclama une moustiquaire, qu'il déploya sur sa tête. Cependant que ce dernier n'était pas long à trouver le sommeil et que Caleb, de même, fermait les yeux, Lucius, étendu à côté de Thrasyllus, contemplait dans le lointain les invraisemblables lignes, les lignes divines et géométriques, les triangles effilés qui se découpaient sur les ors méridiens du ciel.

« La base est carrée, dit Thrasyllus. Le sommet aussi est carré, mais on dirait une pointe...

— Ce sont pour moi des énormités secrètes et étranges, dit Lucius. Que sont-elles en réalité ?

— Nous ne connaissons pas tout... répondit Thrasyllus. Certaines pyramides étaient les sépulcres de rois et d'animaux sacrés. Ce sont les pyramides de Khéops – ou Khoufou –, de Khéphren, de Mencherès, et à l'intérieur de ces pyramides, nous verrons les chambres des rois. Elles furent érigées il y a quelque vingt ou trente siècles. Hérodote signale que la construction de la pyramide de Khéops, la plus grande, a duré trente ans, et que cent mille esclaves y ont travaillé, que l'on changeait tous les trois mois. Le nom *pyramide* vient du mot grec *pyr*, qui signifie *feu*, car la pyramide, comme une flamme, se termine par une pointe. Mais à coup sûr, toutes les pyramides ne faisaient pas fonction de tombes. Beaucoup servaient de greniers pendant les longues années successives de famine. D'autres étaient des digues conçues pour contenir les sables du désert qui, portés par le vent vers Memphis, menaçaient au cours des siècles de recouvrir la ville. Du reste, nombre de pyramides se sont déjà enfoncées dans les sables...

— Que sont ces palais en ruine, là-bas ? voulut savoir Lucius, désignant des rangées de pylônes et de colonnes désagrégés, surmontés d'architraves éventrées, impressionnantes ruines qui se dressaient au bord de la ville, sur une colline, et, pour ainsi dire, culbutaient vers le Nil...

— Les anciens palais des pharaons, dit Thrasyllus. Ils étaient au nombre de dix. Le Juif Joseph, qui interprétait les songes, fut un puissant gouverneur sous le règne de l'un d'entre eux. Moïse, qui connaissait Hermès Trismégiste et apprit de lui toute la sagesse occulte – tout ce qui peut être connu en matière de sagesse –, fut sauvé, alors qu'il n'était encore qu'un nouveau-né, par la fille d'un pharaon, à l'endroit où sa sœur l'avait abandonné dans un panier de jonc et où la princesse avait coutume de se baigner. C'était la fille d'Aménophis III, qui vit s'abattre dix plaies sur son peuple, envoyées sur l'Égypte par Iahvé, le dieu des Juifs, parce que ce pharaon refusait de les laisser quitter le pays. Ce pharaon, qui était le père de Sésostris, se noya dans la Mer Rouge... Sur ces rouleaux, j'ai consigné par le menu tout ce qui est digne d'intérêt... »

Et Thrasyllus, ravi d'être parvenu à éveiller la curiosité de Lucius, lui présenta les rouleaux.

Lucius se mit à lire.

« Tout cela s'est passé ici, dit-il, la mine décomposée, mais tout de même subjugué. Tout cela est... le Passé ! Le Passé séculaire... qui a disparu... qui s'est englouti sous les sables... il y a déjà des milliers d'années... Que nous sommes petits lorsque nous considérons le Passé... lorsque nous plongeons notre regard dans les siècles... les siècles qui se sont enfoncés si profond...

— Mon enfant, dit le pédagogue, je te suis reconnaissant d'avoir à nouveau su rendre ton esprit réceptif à de telles impressions... Car la beauté du Passé est une consolation pour le Présent, et l'âme malade guérit, plongée dans cette beauté, quand elle comprend que sa propre douleur n'est qu'un grain de sable dans un désert qui se déchaîne et recouvre tout... »

Lucius ne répondit plus, subjugué qu'il était par ce qu'il lisait au sujet de Joseph et de Moïse, de Iahvé et du Pharaon Aménophis, le père de Sésostris...

XVII

Le ciel doré de l'après-midi pâlissait. Ses teintes aveuglantes de topaze s'adoucissaient jusqu'au point qu'elles se fondaient en une blondeur mielleuse, et les sables du désert s'étendaient, amples, lointains, infinis, jusqu'aux confins de l'horizon, dans les derniers flamboiements du soleil englouti. Derrière le groupe des voyageurs – quatre chameaux entourés de conducteurs et de gardes arabes et libyens –, parmi les palmiers s'obscurcissant, l'immense ville de Memphis plongeait dans une ombre mastodontesque, tandis que les palais des rois, par leur travail d'effritement, versaient le long de la colline, comme s'ils culbutaient vers le Nil, leurs ruines se reflétant sur le clair saphir du fleuve, dont les nappes aqueuses rosissaient et doraient au milieu des hauts roseaux et des lotus, lesquels se refermaient à la surface de l'eau. Les dernières colonnes effondrées gisaient, rondes et colossales, sur l'herbe abondante, parmi une prolifération de coquelicots écarlates et de pavots rouge sang. Ornées d'hiéroglyphes mystérieusement gravés, titans terrassés, d'un granit encore rosâtre, elles pesaient de tout leur poids sur le sol qui les engloutissait, d'une majesté pleine de mélancolie, ces immenses colonnes renversées qui avaient supporté les toits d'or abritant la puissance des pharaons.

Caleb, toujours gracieux, montait son chameau comme il eût monté sa jument sabéenne. Il enfonçait le talon dans le flanc du chameau et la bête apeurée partait au galop, blatérant et pleurant, et Caleb en riait de plaisir. Les Libyens, gigantesques et puissants, demeuraient silencieux. Les conducteurs arabes, eux, hurlaient et braillaient.

À quarante stades en contrebas de Memphis surgit une manière de large digue accidentée, sur laquelle se dressaient les pyramides. Et Caleb, lequel, comme tout guide qui se respectait, avait bien appris sa leçon, s'écria :

« Mes Seigneurs, deux des pyramides que vous apercevez – les plus grandes – comptent parmi les sept merveilles du monde ! Elles sont hautes d'un stade, et la longueur de leurs côtés est égale à leur hauteur... Toutes les deux sont les tombes de pharaons mais la plus petite des deux pyramides, celle située sur le sommet de la colline et, comme vous pouvez le voir, entièrement construite de pierres noires, fut la plus coûteuse... »

Et, faisant tourner son chameau apeuré autour des autres chameaux, il s'écria :

« Maître Thrasyllus ne dira pas le contraire, tout savant qu'il soit ! »

Thrasyllus sourit et Caleb, enchanté de pouvoir discourir, poursuivit de plus belle :

« Cette pierre noire provient du sud de l'Éthiopie. Aucune pierre ne l'égale en poids ni robustesse ! Voilà pourquoi la pyramide est si coûteuse. Mais il faut ajouter qu'elle a été bâtie par tous les amants de la reine Cléopâtre, et c'est elle qui y a été ensevelie !

— Caleb, s'exclama Thrasyllus, pour ce qui est de la pierre noire, je veux bien l'admettre. Mais quant à Cléopâtre, qui est morte à Alexandrie, elle ne repose pas à Memphis...

— Cléopâtre, Cléopâtre, repartit énergiquement Caleb, mais il se remit aussitôt au galop sur son misérable chameau, car il voulait avertir le prêtre affecté à la surveillance de la pyramide que de prestigieuses personnalités s'approchaient.

— Caleb se trompe, dit Thrasyllus, tandis que les trois chameaux repartaient d'un pas posé, entourés par les gigantesques Libyens et les Arabes brailleurs, et que Caleb filait fantastiquement sur les sables. En vérité, la pyramide noire n'est pas la tombe de Cléopâtre. Les historiographes évoquent une certaine Doricha, une hétaïre, dont Sappho, la célèbre poétesse et mélographe*, rapporte qu'elle était la maîtresse de son frère Charaxus, qui était négociant en vins à Lesbos et se rendait fréquemment à Naucratis pour ses affaires. À en croire la légende, ses amants auraient dressé à la mémoire de cette Doricha, qui mourut jeune, ce précieux tombeau noir... »

Le cortège s'était approché. Les chameaux, obéissant aux conducteurs, s'accroupirent et les voyageurs mirent pied à terre. Caleb venait déjà à leur rencontre en souriant, à la tête de six prêtres-custodes qui avaient pour mission d'entretenir l'intérieur des pyramides et de faire visiter les sanctuaires aux étrangers.

« Vient-il beaucoup d'étrangers ? demanda l'oncle Catullus à l'aîné des prêtres.

— Ce mois-ci, il ne s'est pas écoulé une semaine que des étrangers ne soient venus admirer les pyramides, répondit-il. Vous êtes des Latins, mais nous recevons aussi la visite de seigneurs grecs, de Perses, d'Indiens. Toutefois, quand le Nil atteint son étiage, quand soufflent les vents d'automne et que tourbillonnent les sables, plus aucun voyageur ne vient... Car du désert soufflent alors la Mort et la Désolation, comme les ouragans du Destin, qui recouvriront un jour Memphis d'un suaire de sable. Voyez ces quelques sphinx, dont seules les têtes émergent encore des dunes... Ils étaient des centaines autrefois, et traversant leur mutité, une avenue s'étendait jusqu'aux pyramides... Mais le Destin l'a ensevelie, les ouragans l'ont dispersée en poussière, un suaire de sable a recouvert la sagesse de Neith... Un jour, ce suaire recouvrira l'Égypte entière et voilera toute sa sagesse. Ce qui fut connu ne le sera plus. Ce sera le châtiment des dieux infligé à l'humanité indigne, qui s'engloutira dans une nuit d'ignorance et la bestialité des instincts les plus bas. La roue des siècles tournera ! »

Les prêtres-officiants, d'une seule poussée de la main, avaient fait pivoter sur ses gonds une des lourdes portes monolithiques de la plus grande des pyramides. Ils allumèrent des torches et précédèrent les voyageurs à l'intérieur de la syringe, galerie sinueuse aux parois que décoraient de gigantesques figures de dieux et des hiéroglyphes. Chose étrange, une manière de courant d'air s'y faisait sentir, bien qu'il n'y eût d'autre issue. Chose étrange encore, on pouvait percevoir comme une rumeur, un chantonnement de voix, bien que la pyramide fût inhabitée. On eût dit qu'une nuée d'esprits tournoyait, tel un vent intense. Ce sentiment s'imposa immédiatement, et lorsque les voyageurs échangèrent un regard, ils virent dans leurs yeux que tous les quatre pensaient la même chose. Caleb se mit à marmonner des incantations propitiatoires, sans manquer d'embrasser chaque fois ses amulettes.

Alors que les flammes des torches vacillaient sans cesse, effleurées par l'inexplicable courant d'air – comme un voltigement d'esprits –, les prêtres conduisirent les voyageurs dans une immense salle carrée. De gigantesques colosses étaient sculptés dans les parois de pierre, et encore que la salle fût vide, il y flottait une senteur qui évoquait des aromates, comme si les senteurs anciennes eussent pris possession du lieu à jamais. Deux chauves-souris voletaient en tournoyant.

« Voici la chambre du Roi Khéops, prononça le vieux prêtre. Autrefois se trouvait ici un sarcophage de granit azuré qui contenait la dépouille embaumée du grand roi Khéops, dont le nom égyptien est Khoufou, et les sarcophages de ses frères entouraient le sien. Il accabla son peuple d'impôts et de travaux épuisants afin de se faire construire son mausolée. Où est-il à présent ? Où se trouve sa dépouille embaumée ? Où son sarcophage azuré ? Où les sarcophages de ses frères ? Où sont-ils, où sont-ils ? Elles ont disparu, se sont envolées comme des grains de sable, les momies de ces souverains orgueilleux, couvertes de cire parfumée et solidement garrottées d'étroites bandelettes. Disparus, envolés, leurs sarcophages, et un jour viendra où jusqu'à ces pyramides disparaîtront et tomberont en poussières, englouties dans le sein de la terre ! Tout disparaît, tout est vanité... Seule votre sagesse, ô Neith, est essentielle !

— Seule votre sagesse, ô Neith, est essentielle ! reprirent les prêtres.

— Et nous l'avons perdue !

— Hélas, hélas, nous l'avons perdue ! » reprirent les prêtres avec une indifférence machinale en parcourant la syringe en sens inverse, et leurs paroles se dispersèrent dans l'étrange et inexplicable courant d'air où voltigeaient d'invisibles esprits.

Mais une fois sortis, les prêtres n'éteignirent pas les torches ; ils emmenèrent les voyageurs jusqu'à la petite pyramide noire. Ils poussèrent la porte monolithique et le vieux prêtre les précéda à l'intérieur. Une longue syringe menait à une salle aux parois lisses, polies et noires, qui brillaient encore comme des miroirs de jais, où se reflétaient étrangement les torches et où tremblaient les ombres fantomatiques des voyageurs et des prêtres eux-mêmes...

« La pyramide de Cléopâtre, murmura Caleb à l'oreille de Thrasyllus.

— La pyramide de Doricha », rectifia Thrasyllus en souriant.

Mais le vieux prêtre secoua doucement la tête et dit d'une voix douce et attendrie :

« La pyramide de Rhodopis... Elle vivait à Naucratis et était incomparablement belle et chaste. Un jour, alors qu'elle prenait un bain, un aigle entra dans la pièce par l'ouverture du toit et ravit des mains de sa servante la sandale que celle-ci s'apprêtait à lacer au pied de sa maîtresse. »

À ces mots, Lucius devint soudain très pâle.

Mais le prêtre poursuivait :

« L'aigle vola jusqu'à Memphis, où le roi rendait la justice dans une des métairies de son palais, et juste à l'aplomb du roi, l'oiseau lâcha la chaussure, qui tomba dans les plis de son habit.

Le roi en fut grandement ému et examina la sandale qui, quoique de la taille de celle d'un enfant, n'en était pas moins une sandale de femme. Il ordonna à ses serviteurs de chercher à travers toute l'Égypte à qui pouvait appartenir une si petite sandale. Ses serviteurs découvrirent Rhodopis à Naucratis et l'amenèrent devant le roi. Il l'épousa, et lorsqu'elle mourut, au bout de quelques mois de bonheur, le roi, inconsolable, lui érigea la pyramide noire... La pyramide la plus coûteuse de toutes... La momie parfumée de Rhodopis a disparu... Son sarcophage a disparu... Mais, par miracle, la sandale que le roi n'a jamais cessé de révérer a été conservée. Voyez... »

Et les prêtres, avec leurs torches, éclairèrent, au centre de la salle d'un noir de jais, un reliquaire de cristal posé sur une table de porphyre noir. Dans le reliquaire de cristal se trouvait une sandale si petite qu'on eût dit celle d'un enfant, mais c'était indéniablement une sandale de femme, d'un délicat cuir rouge rehaussé d'ornements d'or et d'arabesques étincelant d'une improbable fraîcheur.

« La petite sandale que l'on garde pour les étrangers, murmura l'oncle Catullus avec un sourire sceptique. Je gage, Caleb, qu'il nous faudra débourser autant que pour le jeune Apis.

— Mais elle tout de même bien jolie », chuchota Caleb en souriant.

Cependant, Lucius tremblait de tous ses membres.

Et il dit à Thrasyllus :

« C'est un présage... Je ne connaissais rien de cette légende... Cette sandale dans un reliquaire ! Je veux rester seul avec le prêtre ! »

On déféra aux instances d'une Excellence auréolée d'un tel prestige. Deux torches furent fichées dans les anneaux et les autres s'éloignèrent. Demeuré seul avec le vieux prêtre, près du reliquaire renfermant la sandale de Rhodopis, Lucius sortit la sandale d'Ilia, qui reposait sur son sein.

Et il dit :

« Prêtre plein de sagesse, Père sacré... Vous connaissez encore la sagesse... Vous pouvez certainement plonger les yeux dans le Passé... J'ai confiance en vous : vous me direz où se trouve Ilia, que j'ai perdue, et qui me l'a ravie... Voyez, cette sandale est la seule trace qui me reste d'elle... Dites-moi le Passé et vous serez royalement récompensé. »

Le prêtre prit la sandale et l'appuya contre sa tête, cependant que son autre main, au-dessus du reliquaire de cristal, était parcourue de tremblements.

« Puisse l'esprit de Rhodopis m'éclairer, dit le vieux prêtre. Je vois Ilia...

— Morte ?

— Non, vivante.

— Seule ?

— Non, avec son ravisseur.

— Voyez-vous son ravisseur ?

— Oui.

— Décrivez-le-moi !

— Donnez-moi votre main, ici, et placez-la au-dessus de la sandale de Rhodopis. »

Lucius tendit sa main au prêtre, par-dessus le reliquaire.

« Décrivez-le-moi ! » répéta Lucius.

Alors, dans son esprit au supplice, il vit apparaître devant lui l'image de l'un de ses propres matelots, à qui il pensait ces derniers temps et qui, à l'époque, rôdait autour de la villa de Baïes... un Chypriote, qu'un jour, au milieu des lauriers roses, il avait surpris en conversation avec Ilia, laquelle n'avait réussi à lui fournir la moindre explication...

Un silence se fit. La main décharnée du prêtre fut prise de tremblements convulsifs sous la ferme étreinte de Lucius. Enfin, les yeux fermés, son autre main pressant toujours la sandale d'Ilia contre son front, le prêtre dit :

« Je le vois distinctement, distinctement... L'esprit de Rhodopis m'éclaire. Je vois le ravisseur ! Je vois le ravisseur d'Ilia !

— Est-il grand ?

— Grand...

— Large ?

— Il a de larges épaules... Un visage grossier, d'une beauté grossière, qui plaît parfois aux femmes... Que les femmes indignes placent au-dessus de la noble beauté, parce qu'elles placent la bestialité au-dessus de l'amour... Le chaste esprit de Rhodopis est sur moi ! Je vois le ravisseur.

— Comment est-il vêtu ? Comme un esclave ?

— Non.

— Comme un affranchi ?

— Non.

— Comme un homme libre ?

— Oui.

— Comme un patricien ? Un chevalier ?*

— Non.

— Comme un soldat ?

— Non.

— Comme un marin ?

— Non... C'est-à-dire... je crois bien, Seigneur, qu'il est vêtu comme un marin. Mais je ne le vois plus, dit le prêtre en ouvrant les yeux. Je ne pourrai jamais vous en dire davantage. »

Il rendit la sandale à Lucius.

Les autres prêtres revinrent et reprirent les torches.

Tremblant d'une colère contenue, Lucius sortit de la pyramide noire. L'oncle Catullus était déjà assis sur son chameau.

Lucius grimpa à son tour sur le sien. L'image du Chypriote lui apparaissait clairement à présent. Mais il ne disait rien, les lèvres serrées, le front rembruni. Son orgueil blessé semblait comprimer et assujettir sa douleur dans son cœur.

Et pendant que Caleb payait un pourboire princier, comme à son ordinaire, Lucius glissa dans la main du prêtre une bourse lourde de statères d'or.

XVIII

Le bref crépuscule s'était drapé de pourpre sur le désert ; la nuit glissait le long du firmament ; les étoiles commençaient à éclore. Caleb, qui croyait deviner l'émotion de Lucius à chaque nouvelle divulgation du destin, était d'avis que de nouvelles expériences constitueraient le meilleur des remèdes et, après avoir brièvement tenu conseil avec Catullus et Thrasyllus, il déclara :

« Noble Seigneur, avant que la nuit soit tout à fait tombée, j'aimerais vous mener jusqu'à la grande Neith... Tant pour la statue elle-même que pour le prophète juif, un ermite, qui vit tout près d'elle, dans une grotte... »

Lucius acquiesça de la tête. Et dans la nuit tombante, il s'assit, droit sur le coussin de selle de son chameau, et leva la tête vers les étoiles. Avait-il deviné la vérité ? La vérité s'était-elle fait graduellement jour en lui ? Ou bien étaient-ce la sibylle, Amphris, les oracles et les prêtres qu'il avait consultés qui l'avaient en réalité mené sur le chemin de cette vérité ? Il l'ignorait. Tous ces souvenirs qui déjà s'estompaient semaient la confusion dans son esprit chercheur et pénétrant. Mais ce qui était sûr, c'est qu'il voyait le Chypriote, le matelot, Carus, qui, en effet... peu de temps avant Ilia... avait disparu de l'équipage de sa quadrirème... et qu'il avait un jour surpris avec Ilia, sous les lauriers roses... ! Ce à quoi Ilia n'avait jamais pu fournir la moindre explication ! Carus ! Un matelot ! Pas un esclave, certes, mais un – et parmi les moindres – de ses inférieurs ! Un matelot chypriote, qui lui aurait ravi la femme qui était reine en sa demeure, qu'il habillait comme une déesse, qu'il couvrait de tous les biens les plus précieux ! Qui devait l'avoir enlevée – le contraire eût été impensable – avec son propre consentement ! Fallait-il qu'elle eût perdu la tête pour consentir !

Avait-il deviné la vérité ? Son esprit tâtonnant avait-il fini par deviner la vérité ? Ou étaient-ce en réalité les prêtres et les oracles, Amphris et la sibylle qui lui avaient révélé la vérité ? Il se rangea à cette dernière solution. Son âme inclinait à accepter le surnaturel. À présent, il savait... il savait, grâce à la science et à la sagesse des prêtres et des oracles.

Elle avait osé le quitter, lui, pour un de ses matelots ! Il leva la tête vers les étoiles. Ses lèvres se comprimèrent, son front se rembrunit. Mais jamais, décréta-t-il, ses lèvres ne s'ouvriraient pour quiconque, pas même pour Thrasyllus, sur la vérité secrète que les oracles lui avaient révélée. Il se tairait et son orgueil tiendrait en bride sa souffrance.

« Regardez, Seigneur », dit Caleb, l'air embarrassé, mais Lucius continuait de fixer le vide devant lui, la tête tournée vers les étoiles.

Puis Lucius baissa les yeux. Et soudain, il fut effrayé. Face à lui, dans la nuit, se dressait le sphinx. Dans l'immense nuit étoilée, avec autour d'elle les sables aux scintillements d'argent qui avaient l'aspect d'une mer, se dressait l'immense Neith, la Sagesse omnisciente. Elle était plus gigantesque que tous les sphinx qu'il avait vus. La nature elle-même l'avait sculptée dans un immense monolithe. La main de l'homme s'était contentée de lui donner une forme plus discernable à l'œil humain, la transformant en sphinx. Ce n'était pas l'Isis voilée de Saïs, c'était la Sagesse dévoilée mais muette, omnisciente de toute éternité. Elle levait la tête vers les étoiles, comme lui-même l'avait fait. Elle reposait : son corps de lionne reposait et s'enfonçait. Ses pattes de devant saillaient comme des murs. Sa poitrine de déesse paraissait se soulever dans la nuit. Ses yeux figés fixaient le ciel et son voile de granit se déployait sur son corps de lionne. Sa beauté, dans la nuit étoilée, faisait frémir.

Les voyageurs avaient mis pied à terre. Caleb alla chercher l'ermite qui vivait dans sa grotte, juste vis-à-vis du sphinx.

« J'ai l'impression qu'il est fou, Seigneur, dit timidement Caleb, un peu anxieux à la vue du froncement de sourcils de Lucius. Mais peu importe qu'il soit fou. C'est l'ermite juif... et tous les prestigieux étrangers viennent écouter les choses étranges qu'il raconte...

— Un de plus ! » balbutia Lucius.

La nuit était tombée. L'ermite juif s'approcha. Il était gigantesque et d'une vieillesse qui défiait l'imagination. Sa barbe ondulée lui tombait jusqu'à la taille. Sa robe grise traînait sur le sable. Et il s'écria d'une voix forte :

« Je suis Safnath-Panéa*, 'celui qui dévoile les mystères'. Je suis de la descendance même de Joseph, qui épousa Asnath, fille de Potiphera, grand-prêtre d'On*. Mais toute sagesse s'est éteinte en moi – grâce en soit rendue à Iahvé ! – depuis que je l'ai vu, *lui* !

— Qui ? demanda Lucius, épouvanté par la voix tonitruante du prophète.

— C'était par une nuit d'étoiles scintillantes ! s'exclama le prophète. C'était il y a trente ans ! Je vivais comme aujourd'hui dans ma grotte ! Tout m'était connu, et je contemplais la face et les yeux de Neith. Par le chemin, là-bas, à travers les sables... ils sont arrivés ! Ils sont arrivés, ils se sont approchés... Sur un âne vacillant de fatigue était juchée une Femme. Un Vieillard, son bâton à la main, menait l'animal boiteux... Je vis alors que la Femme tenait blotti contre son sein, enveloppé dans les plis de son manteau, un Enfant. La Femme ressemblait à Ève et à Isis, l'Enfant à Abel et à Horus. Une fois devant l'immense Neith, l'âne fut incapable de faire un pas de plus sur le sable du désert... La Femme mit pied à terre, et à travers ses larmes, elle souriait à l'Enfant. Mais le Vieillard conduisit la Femme jusqu'à l'immense Neith et l'aida à escalader son profond giron de granit. Là, la Femme se reposa contre le sein de Neith, et l'Enfant se reposa contre le sein de la Femme... Et c'est alors que moi, Safnath-Panéa, moi qui dévoile les mystères, je vis que, dans la nuit, dans les plis du manteau de la Femme, l'Enfant qui ressemblait à Abel et à Horus resplendissait. L'Enfant resplendissait ! Une couronne resplendissante, un nimbe de lumière resplendissaient au-dessus de l'Enfant ! La Mère dormait, l'Enfant resplendissant dormait, le Vieillard dormait... et, dans la nuit étoilée, l'immense Neith veillait sur leur sommeil ! Alors j'ai su, ô Iahvé, que j'avais vu votre Fils, et ce bonheur fut mon ultime Sagesse ! Depuis ce jour, je ne sais plus rien, ô Iahvé, grâce vous en soit rendue ! Depuis ce jour, je ne dévoile plus aucun mystère ! Depuis ce jour, la science de Joseph et des prêtres d'On s'est éteinte en moi ! Car j'ai vu le Fils de Iahvé, là, dans le giron de Neith, et depuis ce jour... il ne me reste que cette vision ! Et je mourrai avec, dans mes yeux reconnaissants, cette vision de l'Enfant qui resplendissait !!! »

Le prophète avait crié d'une voix forte et retentissante. Caleb, murmurant à l'oreille de Lucius, répéta :

« Vous voyez bien, Seigneur, qu'il est fou... »

Mais Thrasyllus, lui murmura dans l'autre oreille :

« Ce n'est pas un fou, Lucius... C'est un voyant... Il a vu... Il a peut-être vu le nouveau Dieu dont parlent toutes les sibylles...

— Quel nouveau Dieu ? voulut savoir Lucius.

— Je ne connais pas son nom », dit Thrasyllus.

Mais l'oncle Catullus prit la parole :

« Mon cher neveu, cette espèce de géant, dans cette nuit, dans ce désert, devant cette extraordinaire statue, me fait peur. L'Égypte me fait trop d'effet. Je me sens comme une éponge imbibée d'eau, complètement gorgée de sensations. Lucius, tu verras : l'Égypte sera ma mort. En attendant, je remonte sur mon chameau. »

L'oncle Catullus appela les gardes et les conducteurs, et commanda que l'on accroupît son chameau.

Cependant, Lucius s'approchait du prophète et l'attirait sur le côté.

« Connaissez-vous le Passé ? demanda-t-il anxieusement.

— Le Passé... ? hésita le voyant juif, et ses yeux étaient comme aveugles.

— Voyez-vous... pouvez-vous me dire si... ce que je crois être arrivé... est l'incontestable vérité ?

— Je ne vois plus ni le Passé ni l'Avenir, dit le voyant. Je ne vois désormais que le Présent. Et le Présent n'est plus rien d'autre pour moi que... l'Enfant Resplendissant, là-bas !

Thrasyllus s'approcha.

« Lucius, dit-il, allons-nous-en. La nuit tombe et les gardes redoutent les animaux sauvages et les pillards.

— Demande à Caleb de donner une pièce d'or au prophète », dit Lucius.

Caleb lui offrit un statère.

Mais le rire tonitruant du prophète le fit reculer.

« De l'or ! tonitrua encore le prophète en éclatant de rire. Qu'ai-je à faire d'un or mort ! J'ai vu l'or vivant : j'ai vu l'Enfant resplendissant et il resplendissait d'or comme le soleil lui-même, il resplendissait comme le buisson ardent ! Qu'ai-je à faire d'un or mort !

— Il est fou ! Il est fou, s'écria Caleb. Il ne veut pas d'or ! »

Effrayé, Caleb reprit le statère, mais le glissa dans une autre bourse, celle où il serrait ses économies, et courut à pleines jambes vers son chameau, qui s'accroupissait déjà dans le sable.

Sous la lueur des étoiles qui illuminait la mer de sable, les voyageurs reprirent le chemin de Memphis.

XIX

Aux primes lueurs de l'aube, Lucius marchait, seul, sur la rive opposée du fleuve. La silhouette grise, mastodontesque de Memphis rosissait aux premières clartés tendres de la pointe du jour.

Lucius errait, seul. La solitude lui était dorénavant agréable, comme une période de repos succédant à une pénible maladie, d'autant plus qu'il doutait de sa guérison. Il doutait. Il doutait de la moindre certitude.

Connaissait-il la vérité ? Aujourd'hui, après une nuit sans sommeil, il en arrivait à tout remettre en question et s'interrogeait s'il connaissait vraiment la vérité. Et s'il connaissait la vérité, était-il réellement guéri, guéri dans son âme malade, guéri de sa souffrance ?

Il ne le savait pas. Il ne savait plus rien désormais. Il errait à présent le long du Nil, seul, sans la plus infime certitude. Son cerveau était envahi par une sorte de langueur brumeuse. La vie s'éveillait dans les fermes avec une animation joyeusement champêtre. Le grain gémissait sous les meules, et les femmes agenouillées pétrissaient de leurs paumes vigoureuses la pâte à pain, qu'à côté d'elles les hommes avaient déjà foulée sous la danse de leurs pieds nervurés. Lucius s'arrêta pour les regarder. Elles rirent, et il rit à son tour. Les hommes dansaient et les femmes pétrissaient, ils riaient et étaient heureux. L'envie de partager leur bonheur aiguillonnait l'âme du jeune Romain.

« Donnez-moi un peu de lait », demanda-t-il à une jeune fille occupée à traire les mamelles d'une superbe vache d'une blancheur de neige.

La jeune fille offrit le lait à l'étranger dans le creux d'une feuille de *cyamos**. Lucius ne savait pas s'il devait lui donner de l'argent. Il but et lui rendit la coupe de roseau.

« Merci », dit-il. Elle sourit et reprit la traite.

Il ne lui donna pas d'argent et poursuivit sa route. Comme le monde était beau, et cette matinée ! Quelle roseur que cette première lumière sur le fleuve s'argentant ! Comme était gris et gigantesque le Passé de cette cité à l'agonie, en voie d'engloutissement ! Quelle grâce séduisante, quel faste impressionnant dans toutes ces formes et toutes ces teintes ! Comme le monde était beau ! Il n'était jusqu'à ces gens, là-bas, ces paysans, ces bergères, ces boulangers et boulangères, qui ne fussent parés d'une beauté calme, tranquille, idyllique, dans leur simplicité et leur naturel. Que le monde était bon et quel bonheur pouvait échoir à l'homme dès lors que les dieux ne déversaient point le chagrin dans son cœur !

Le chagrin ! Éprouvait-il du chagrin ? Ou bien la seule pensée qu'Ilia, son grand amour, s'était montrée indigne l'avait-elle déjà guéri de la maladie qui a nom chagrin ? Mais était-il guéri, et savait-il... ?

Il arriva à proximité du hameau de Troia*. Il se rappela avoir lu dans les notes de Thrasyllus que Ménélas* était passé en cet endroit avec une foule de prisonniers troyens et, dans sa grande magnanimité, leur avait permis de s'y établir. Ils y avaient fondé leur colonie. Derrière Troia se dressait une chaîne de montagnes rocheuses et, tenez !, c'étaient précisément les antiques carrières d'où, des siècles auparavant, on avait extrait les blocs de rocher qui, l'un après l'autre, et sans le moindre ciment, avaient servi à bâtir les pyramides. Les pieds de Lucius faisaient s'entrechoquer d'étranges fossiles jonchant le sol comme des cailloux, qui avaient la forme de longues lentilles et de cosses, et que l'on tenait pour les restes pétrifiés des repas servis aux milliers d'esclaves qui avaient travaillé aux pyramides.

Soudain, il aperçut une femme. Elle se reposait, adossée aux rochers, et fixait le ciel rosâtre. Il reconnut son esclave, la chanteuse qui avait une si jolie voix, la danseuse, Cora.

Elle sursauta en l'apercevant, se leva et s'inclina profondément, les mains tendues.

« Pardonnez-moi, Seigneur, balbutia-t-elle, d'avoir erré si loin de la thalamège... »

Il la rassura : il était un maître peu regardant quant aux libertés que s'octroyaient ses esclaves. Et sur un ton bienveillant, il demanda :

« Pourquoi as-tu erré si loin ?

— Je me suis éloignée sans le vouloir, Seigneur. Je me suis laissé guider par mes pensées !

— À quoi pensais-tu ?

— Je pensais à Cos, ma patrie. Je me demandais si je la reverrais un jour.

— C'est la patrie d'Apelle le peintre et d'Épicharme le poète et philosophe, l'inventeur de la comédie. C'est un pays d'art et de beauté. N'est-ce-pas, Cora ?

— C'est un pays charmant comme un jardin, Seigneur. On y trouve les temples d'Esculape et d'Aphrodite. J'y ai vu le jour dans une école pour esclaves. J'y ai vécu une jeunesse agréable. Il y avait un grand jardin et j'y jouais... Pardonnez-moi, Seigneur...

— Continue...

— J'y ai reçu éducation et soins. On m'a fait prendre des bains, on m'a soigneusement parfumée et massée. C'étaient les négresses qui s'en chargeaient. Très tôt, on m'a appris à danser.

149

Voilà pourquoi je suis souple, Seigneur, et, je l'espère, je danse bien. Mais j'aimais aussi la musique, et j'ai commencé à chanter. Nous avions des maîtres qui nous apprenaient à chanter et à jouer de la harpe, et des maîtresses qui nous apprenaient à danser. Dryope, la propriétaire de l'école, était sévère mais pas méchante. Mes parents étaient aussi ses esclaves. Mon père était coureur à pied, et ma mère avait été danseuse également. Quand mon père courait, on lançait des paris, et il arrivait rarement qu'il ne remportât pas le prix pour notre maîtresse. Bien sûr elle le faisait flageller s'il ne remportait pas le prix, mais pas trop fort, pour ne pas blesser son corps précieux. Dryope était une bonne maîtresse pour nous car, après qu'un jour elle se fut fait une entorse, ma mère n'eut plus à danser. Dryope, en vérité, était aimable et douce envers son esclave. Mais lorsque j'ai su chanter et danser, Seigneur, elle m'a vendue pour une forte somme d'argent à un marchand d'esclaves qui se rendait à Rome avec beaucoup d'esclaves, hommes et femmes. J'ai embrassé Dryope et mes parents, et j'ai accompagné le marchand. Lui non plus n'était pas dur avec moi, car j'étais une esclave coûteuse, Seigneur. D'ailleurs, il n'était pas cruel envers ses esclaves : il les soignait comme une précieuse marchandise. Thrasyllus, Seigneur, m'a achetée pour vous sur le marché aux esclaves de Rome, et j'ai été très fière qu'il paie autant pour moi après que je lui eus fait une démonstration de mes talents de chanteuse et de danseuse. Et maintenant... maintenant, je suis heureuse, Seigneur, d'appartenir à un maître tel que vous... Mais mes pensées me ramènent souvent à Cos, à la pension, à mes parents, à mes compagnes d'esclavage restées là-bas et à Dryope... Pardonnez-moi, Seigneur.

— Et tu voudrais retourner à Cos, Cora... ?

— Seigneur, la patrie reste chère à notre cœur... Mais je vous appartiens, et où vous serez, je serai.

— Y seras-tu également heureuse, Cora, loin de Cos ?

— Je serai heureuse où vous serez heureux, Seigneur, et malheureuse où vous serez malheureux... »

Lucius la considéra. Il n'accordait guère davantage de crédit à ses paroles qu'à la courtoise urbanité d'une esclave bien élevée, originaire d'une célèbre école, et qu'il avait payée cher pour sa beauté délicate et ses talents. Et cependant, le son de la voix de Cora lui procurait une sensation de bien-être et, en maître indulgent, il dit, souriant doucement :

« Tu sais dire les mots qui résonnent agréablement, comme quand tu chantes et joues avec tant de pureté... »

Elle n'ajouta rien et pencha la tête, bien consciente que les paroles qu'elle venait de prononcer ne représentaient guère plus pour lui que des mots qui résonnent agréablement.

« M'autorisez-vous, Seigneur, à regagner la thalamège ? demanda-t-elle.

— Oui, dit-il, va... »

Elle salua respectueusement et avec grâce, puis partit... Il la suivit à distance. Elle longea les hauts roseaux du fleuve. Elle était infiniment gracieuse et délicate, comme les statues aux couleurs douces de Tanagra. Son péplum de mousseline fleurie était légèrement froncé autour de sa taille élégante et tombait en une multitude de plis fins, qui s'ouvraient et se refermaient comme un éventail. Ses bras nus étaient d'une extrême gracilité. Ses cheveux d'un noir bleuté, quoique fins, captaient des lueurs dorées. Elle s'arrêta un instant pour cueillir une panicule de roseau. On eût dit une nymphe au milieu des tiges.

Et Lucius sourit : elle était tellement gracieuse, si tendrement élégante, elle chantait et jouait de la harpe si joliment, s'exprimait avec une telle courtoisie... Elle avait parlé avec une séduction sans pareille de sa patrie, Cos, où elle avait vu le jour, dans l'école pour esclaves de Dryope...

XX

L'oncle Catullus était étendu sous les voiles pare-soleil de la thalamège. Ayant demandé à Cora de venir s'asseoir à son côté, il lui dit :

« Chante et joue pour moi quelque chose de joyeux, Cora... Sois gentille, veux-tu, même si je ne suis pas ton maître. Car ici, à Memphis, sur cette embarcation nilotique, je m'ennuie. Je m'ennuie depuis que Lucius s'est engagé dans le désert aride pour se rendre chez l'Oracle d'Amon. Quelle idée, quelle idée insensée ! Voilà déjà cinq jours qu'ils sont partis. Ils ne seront probablement de retour que demain. Je m'ennuie, Cora, je m'ennuie à mourir... L'Égypte... sera ma mort... ! Je commence par me rassasier d'impressions nouvelles, comme une éponge gorgée d'eau, et voilà que Lucius m'abandonne à mon ennui sans limite. C'est un égoïste : il ne pense jamais à son vieil oncle... Cora, fais-moi plaisir, chante et joue pour moi quelque chose de joyeux, s'il te plaît. »

Ainsi se plaignait l'oncle Catullus. En effet, Lucius, accompagné de Caleb, de Thrasyllus et de Tarrar, des gardes et des conducteurs, s'était engagé dans le désert afin de rejoindre l'Oracle d'Amon. L'oncle Catullus, quant à lui, était demeuré à bord de la thalamège, confié aux soins du sous-intendant Rufus, avec tous les autres esclaves des deux sexes...

Une route reliait à travers le désert Memphis à l'oasis où se tenait l'Oracle d'Amon. La piste qui traversait les sables n'était balisée par rien d'autre que des bornes de granit qui ressemblaient à de petits obélisques. C'était davantage un tracé de route qu'une route proprement dite. Le soleil estival rougissait implacablement les sables brûlants, que le vent projetait contre les montagnes rocheuses, sur le versant sud desquelles la route avait été aménagée.

Depuis cinq jours déjà, la caravane parcourait les sables. Lucius, juché sur un éléphant, se reposait dans une vaste litière carrée, protégée du soleil par des rideaux bleu et jaune, et il avait exigé que Thrasyllus fût assis à côté de lui. Caleb, enveloppé de mousselines blanches qui ne laissaient apparaître que ses yeux scintillants et ses dents éclatantes, était assis sur un robuste dromadaire, entre les deux bosses [sic] de l'animal, sur des coussins de cuir, à l'abri d'un grand parasol qui, fixé à l'attirail de la selle, n'oscillait doucement que de temps à autre. L'éléphant et le dromadaire étaient protégés par de longues émouchettes*, auxquelles se balançaient des franges bariolées. Tarrar, lui aussi enveloppé de linge bariolé, se tenait ramassé sur son chameau comme un petit singe et bravait le soleil de son pays, splendeur du désert de sa Libye. Les gardes et les conducteurs montaient des mules, et de petits chevaux ahanaient sous le poids des bagages des voyageurs, de leurs tentes, de leurs provisions, de leurs outres encore gonflées d'eau.

Depuis cinq jour déjà, le monotone voyage se poursuivait à travers les sables. La caravane s'ébranlait à l'aube ; à midi, on faisait halte sous les tentes ; le soir, la procession reprenait la route, jusqu'au moment où la nuit et la fatigue obligeaient une nouvelle fois les voyageurs à prendre quelque repos. Le voyage paraissait ne pas avoir de fin, son but se soustraire sans cesse. C'était une alternance monotone de sables aux scintillements dorés, implacablement brûlés par l'ardeur du ciel, et de sables qui se refroidissaient sous le bleu nocturne du ciel infini. C'était une alternance monotone de levers de soleil roses et de couchers orange. C'était une alternance monotone d'éclosion, de floraison resplendissante, et de terne étiolement d'étoiles. Parfois le vent du sud se levait et soufflait, soufflait des heures durant. La caravane silencieuse progressait péniblement, affrontant les tempêtes de sable. Parfois l'indication des bornes faisait presque défaut : les pieux en forme d'obélisques s'inclinaient obliquement, engloutis par les sables. La mélancolie s'abattait ensemble sur les bêtes et les hommes.

Lucius partageait les repas de midi sous une tente avec Thrasyllus, Caleb et Tarrar. Ils se composaient invariablement de mouton rôti, de dattes et d'une ration d'eau toujours égale, mêlée d'un soupçon de vin de palme. Étrangement, Lucius était presque joyeux et déclarait que l'oncle Catullus avait agi sagement en ne les accompagnant pas jusqu'à l'Oasis d'Amon, car pareils repas de midi lui fussent restés sur l'estomac. Ce qui n'était pas moins étrange, c'était que Caleb, d'ordinaire gai et jovial, tombait en proie à la mélancolie et à la tristesse. Il finit par s'écrier, alors que Lucius plaisantait :

« J'admire mon seigneur d'être d'humeur joyeuse dans ces sables de Libye oubliés des dieux. Pour ma part, ils me pèsent sur la poitrine, oh ! Seigneur, comme s'ils m'avaient déjà englouti, à l'instar des obélisques et des sphinx ! Ah ! Noble Seigneur, Excellence, quelle idée désespérée a conçue votre cerveau princier en voulant entreprendre cet épouvantable voyage jusqu'à l'Oracle d'Amon, qui est en ruine et tout à fait déserté, et où, depuis deux siècles peut-être, aucune Excellence ne s'est rendue ! Ah ! Seigneur, ah ! Seigneur, puisse cet horrible voyage avoir un heureux dénouement ! Les conducteurs et les gardes n'ont encore émis aucune plainte, les outres contiennent suffisamment d'eau pour les hommes et les bêtes, et nous n'avons pour l'instant vécu d'autre aventure que la rencontre d'un lion qui s'est dressé fièrement sur la pointe d'un rocher et a pris la fuite quand il a vu mon burnous flotter au vent, tandis que nos chasseurs tentaient de l'atteindre de leurs flèches empoisonnées, mais, ah ! Excellence, que se montrent seulement d'autres lions, que surgissent à l'improviste les pillards du désert, que se manifestent les spectres épouvantables que sont les sphinx à têtes d'homme et les géants à têtes d'animal, dont, à ce que l'on raconte, le désert regorge, que nous rencontrions le serpent géant, sur le dos duquel pousse une forêt, qui se niche sous le sol, transperce le disque plat de la terre de son horrible corps quand il a faim, et ne fait qu'une bouchée des villages et des villes... ah ! Excellence, je doute qu'alors mon burnous au vent, ni les arcs et les flèches de nos chasseurs et de nos gardes ne soient en mesure de nous sauver, hélas ! Ah ! Seigneur, Excellence miséricordieuse, reverrai-je jamais Saba, mon cher pays béni des dieux ! »

Ainsi se plaignait Caleb. Mais Lucius dit :

« Tarrar, au moins, retrouve son pays, n'est-ce pas, Tarrar ?

— Oui, Seigneur, répondit le petit esclave, mais je viens de la côte et non du désert, et je n'étais pas heureux dans mon pays : mes parents ne me donnaient pas à manger. Et puis, le pays n'est pas aussi beau que Saba, et je préfère rester à Rome avec vous, car il n'y a de plus beau pays au monde que votre maison, qui est la plus belle maison du monde... »

Après le repos de la mi-journée, la procession s'ébranla de nouveau, tandis que le soleil s'inclinait sans hâte. Le ciel était comme un dôme de cuivre rougeoyant qui s'éteignait et se refroidissait. Les étoiles se mirent à éclore, et les ombres fugitives des animaux sauvages parurent sur les crêtes rocheuses qui crénelaient la route : d'effroyables rugissements emplirent la nuit, ce qui ne laissa pas d'angoisser Caleb, qui déclara ne point redouter les lions et les hyènes, mais les géants, l'immense serpent et les fantômes du désert, lesquels attirent les voyageurs vers des cités enchantées qui ne sont que chimère, leurre, corruption. Les conducteurs et les gardes, les Libyens et les Arabes, tous bâtis à chaux et à sable, firent chorus, affirmant n'avoir rien à craindre des lions tangibles, qu'au besoin ils chasseraient, mais bien des lions intangibles, tous ces fantômes et ces ombres qui procurent des visions maléfiques, instruments de Typhon pour entraîner les caravanes aux Enfers !

On alluma donc de grands feux afin de tenir les lions et les fantômes à distance, et leur rougeur se mêla à la nuit encore rougeoyante. Les conducteurs et les gardes exécutèrent alors des danses fantastiques autour des feux, et Caleb, pour oublier son angoisse, se joignit à eux.

Pendant ce temps, Thrasyllus entretenait son maître d'Alexandre le Grand. À l'époque où Alexandre fonda Alexandrie, l'Oracle d'Amon jouissait d'une renommée sans équivalent en Égypte. Callisthène et Plutarque racontent qu'un jour, le grand Macédonien quitta Parætonium*, sur la côte, et s'engagea dans le désert afin de rejoindre l'Oasis. Son train eut à lutter contre de violents vents du sud, mais il ne s'avoua jamais vaincu, bien qu'il s'en fallût de peu que les tempêtes de sable ne l'engloutissent, lui, ses éléphants et ses chameaux. Tout à coup, cependant, des trombes de pluie bienfaisante – un cadeau des dieux – s'abattirent, les vents se calmèrent et les tempêtes cessèrent... Deux corneilles qui battaient des ailes aux côtés du grand Alexandre l'avaient guidé jusqu'à l'Oasis.

Au petit matin, après un sommeil réparateur, le voyage reprit, le voyage monotone, le voyage sans fin. On était à l'avant-dernier jour et lorsque la caravane fit halte, on constata que les conducteurs et les gardes avaient éventré les outres et bu l'eau tout leur soûl. Caleb, qui écumait de rage, avait déjà dégainé son poignard avec l'intention de se jeter sur les Libyens et les Arabes, lorsque ceux-ci, dégainant à leur tour, se mirent tous à brailler, à hurler et à pousser des cris perçants. L'intervention de Lucius apaisa les esprits. Il leur donna de l'argent et aussitôt ils se jetèrent à genoux, se mirent à sangloter et à implorer sa grâce pour avoir bu l'eau. Arguant de leur très grande soif, ils accusèrent Caleb de se montrer trop chiche sur les rations. Celui-ci se défendit en expliquant qu'il fallait savoir se montrer économe dans le désert et ne point tout engloutir d'un trait en se souciant comme d'une guigne du lendemain, des bêtes et d'une Excellence qui se retrouvait à présent sans une goutte d'eau. Mais l'Excellence fit décharger de son propre éléphant un plein panier de citrons. Il en distribua un seul par conducteur et par garde, et leur déclara qu'il leur faudrait tenir jusqu'à leur arrivée à l'Oasis en suçant ce citron. Ils lui baisèrent les mains, se traînèrent à ses pieds, lui caressèrent les jambes, lui donnèrent les noms d'Osiris, de Sérapis, d'Amon-Rê, et le déclarèrent bienfaiteur de leur vie.

Quoique les hommes et les bêtes fussent épuisés, le repos nocturne se trouva réduit à la portion congrue. Personne ne dormit : tous voulaient continuer, continuer coûte que coûte, dans un ultime sursaut d'énergie.

Fut-ce, après cette nuit sans sommeil, un phénomène atmosphérique, une hallucination, une illusion des sens, un mirage que suggérèrent cet épuisement et cet ultime sursaut... ? Dans les premières roseurs de l'aube, se reflétant du levant au couchant, surgit à l'occident, comme un rêve, un rêve vague aux formes tout aussi vagues, la vague vision paradisiaque d'arbres aux teintes rosâtres, aux contours imprécis, de troncs fantomatiques élancés et de cimes de palmiers offusquées par une lumière rose... Puis ce furent les lignes droites – pas plus qu'une ombre azurée – de murailles, de toits, de terrasses, de créneaux...

Était-ce une vision, était-ce un rêve... ? Non, c'était bien la réalité, et Caleb, poussant des cris de joie, désigna le lointain :

« Amon-Rê ! Amon-Rê !

— Amon-Rê ! Amon-Rê ! » reprirent dans un concert de hurlements incontrôlés, comme des déments explosant de joie, les conducteurs et les gardes. Car les couleurs de l'oasis gagnaient en netteté, les arbres se distinguaient plus clairement, et le sanctuaire, qui avait la taille d'une cité, déployait déjà ses murailles avec un effet saisissant...

Les bêtes s'ébrouèrent et hennirent, les éléphants agitèrent la trompe, les chameaux étendirent les pattes, les hommes étirèrent la nuque et respirèrent les parfums de verdure et la fraîcheur des sources ruisselantes. Sur ces entrefaites, les habitants de l'oasis, pauvres indigènes au service des prêtres du sanctuaire, sortirent de leurs gourbis pour se précipiter à la rencontre de la caravane, se prosternant au bord du chemin et faisant présent de noix de coco fendues, d'oranges juteuses et de fruits écarlates aux formes étranges, à la chair tendre, et de coupes d'argile remplies d'eau claire, transparente comme du cristal liquide.

XXI

Les voyageurs traversèrent une épaisse palmeraie afin de gagner le sanctuaire d'Amon-Rê, dont les murailles se déployaient, pareilles à une cité.

« Voyez, Excellence, dit Caleb en les précédant et joignant les gestes à la parole, voici des palmiers mâles et ceux-là, qui sont plus fins, sont des palmiers femelles, et croyez-m'en, ils s'épousent, Excellence, car ils éprouvent de l'amour l'un pour l'autre ; ils croissent en direction l'un de l'autre, voyez, Excellence, comme ici ce palmier mâle et ce palmier femelle ; ils se saluent l'un l'autre et le mâle féconde l'arbre femelle. Et c'est à la seule condition qu'ils s'aiment que leurs fruits sont abondants et que le miel et le vin qu'on en tire sont agréables à consommer.

— Caleb a raison, approuva Tarrar, les palmiers de mon pays s'épousent, et j'ajoute que ce sont les palmiers les plus merveilleux au monde...

— Ils s'épousent aussi à Saba, dit Caleb, vexé. À Saba, nous avons du miel et du vin de datte plus parfumés que vous n'en avez en Libye... »

Cependant qu'un échange plutôt vif s'élevait entre Caleb et Tarrar quant aux qualités respectives des palmiers de Saba et de Libye, les voyageurs franchissaient le premier portail du temple.

Une triple rangée de murailles encerclait le vieux sanctuaire, mais ces murailles s'écroulaient, les obélisques s'enfonçaient, les mauvaises herbes foisonnaient sur les sphinx, donnant naissance à une profusion de lianes en fleurs, de hautes herbes s'insinuaient entre les pavés du dromos, et tous les portails étaient ouverts. Une ombre épaisse descendait des cimes résineuses des térébinthes qui, exposés au soleil, s'embaumaient de lourds arômes. Les agaves charnus et les aloès déployaient à l'envi leurs faisceaux de glaives par-dessus les murailles, tandis que de longues tiges se couvraient de fleurs écarlates d'une taille fabuleuse, qui exhalaient comme des vapeurs d'encens. Mais surtout, c'était les daturas, dont les calices d'albâtre, en se penchant, répandaient un vertige, une ivresse de lourds parfums, et autour desquels les attacus atlas* voletaient lentement sans cesser de tournoyer.

Aucun huissier ne se présenta, et les voyageurs parcoururent l'interminable dromos. Les colosses monolithes se dressaient de part et d'autre, mais eux aussi s'affaissaient ou s'enlisaient. Un groupe de prêtres, surgissant d'un horizon de pylônes alignés en une succession infinie de rangées, finit par s'avancer à la rencontre des voyageurs. C'était le grand-prêtre d'Amon-Rê, accompagné d'onze autres prêtres, tous vénérables vieillards. Tous portaient des boucles grises, tous de longues barbes grises. Ils portaient tous de longs tabards*, et quand s'approcha leur théorie, ils apparurent tels des dieux, empreints, en apparence, de placide dignité.

En effet, ils n'entendaient pas faire montre de leur surprise aux étrangers. L'oracle d'Amon ne recevait plus de visite comme deux siècles auparavant. On ne l'honorait plus, le temple tombait en ruine, et les étés passaient sans que se présentât le moindre pèlerin. Lucius, toutefois, avait précisément tenu à consulter l'Oracle d'Amon en raison du charme poétique que lui conférait l'Histoire. Et lorsqu'il vit s'approcher le grand-prêtre, il tendit les mains vers le sol en signe de déférence, s'agenouilla et inclina la tête, aussitôt imité par Thrasyllus, Caleb et Tarrar.

« Que cherchez-vous, mon fils ? demanda le grand-prêtre centenaire.

— La Vérité, répondit Lucius.

— Dans ce cas, entrez dans la Demeure du Soleil », invita le grand-prêtre.

À ces mots, les voyageurs se relevèrent et les prêtres, ravis, les guidèrent. Ils les guidèrent à travers le pronaos et le naos jusqu'au secos, le Saint des Saints. Et le grand-prêtre, désignant dans l'ombre dorée de la ténèbre méridienne qui s'insinuait entre les colonnes, semblables à des troncs d'arbre, l'immense, l'immémoriale statue d'Amon-Rê, le dieu du soleil à tête de taureau, poursuivit :

« Car le Soleil de la Vérité illumine qui en est digne, tout comme, il y a plusieurs siècles, la Vérité illumina Alexandre de Macédoine. Avant même sa venue, la divinité se manifesta, se contentant de remuer ses sourcils et de plisser son front de taureau entre ses cornes divines... Mais la divinité s'adressa au Macédonien de sa voix rugissante et lui dit, parfaitement audible au souverain et à toute sa suite, qu'il était le fils du Soleil, de Jupiter-Amon-Rê... »

Lucius leva les yeux vers la statue. Dans la pénombre du temple, là où une lumière tamisée pénétrait et se fragmentait entre les colonnes en un poudroiement de poussière, il vit le souverain dieu, relégué dans l'indifférence, enveloppé de ténèbre, bois écaillé et basalte incolore, grêlé et aveugle à présent qu'avaient été dérobés les yeux endiamantés et les pierres précieuses autrefois incrustées qui ornaient sa tête de taureau et son cou humain. Il ressentit en son for intérieur une telle pitié à l'endroit de ce dieu enténébré – jadis objet de toute vénération, désormais oublié dans son sanctuaire lointain s'ensevelissant sous les sables libyens – qu'il fléchit les genoux, en signe de compassion et de respect...

Le voyant juif qui vivait dans la grotte de Neith, lui, avait peut-être vu le nouveau dieu, le fils de Iahvé, resplendir pour des jours sans fin... Ici, dans l'immensité de son sanctuaire en décomposition, Lucius voyait sombrer dans les ténèbres le dieu à présent oublié, mais que, deux siècles auparavant, Alexandre de Macédoine avait cherché, bravant les cyclones et les tempêtes de sable...

Lorsque Lucius leva les yeux, il se trouvait seul avec le vieux grand-prêtre.

« Père, dit-il agenouillé, je veux connaître la Vérité. Je veux savoir si ce que je crois être la Vérité, ce que les oracles m'ont révélé les uns après les autres... est la Vérité pour Jupiter-Amon-Rê...

— Mon fils, dit le prêtre, seule la méditation possède le pouvoir de faire briller la Vérité. Ainsi que la contemplation et les pieuses prières. Des jours et des nuits en présence de la divinité. Je serai votre intercesseur. Et vous saurez ce que vous désirez savoir, pourvu que vous ayez confiance...

— Père, dit Lucius, je remets entre vos mains sacrées mon front lourd de tourment, de souffrance et de doute... »

Et il inclina la tête en direction des paumes ouvertes du prêtre...

Il resta cinq jours et cinq nuits en compagnie du prêtre. À l'intérieur du sanctuaire, les ombres dorées du jour cédaient la place aux ombres bleutées de la nuit, et les poudroiements du soleil aux lueurs vacillantes des lampes du temple. Ce fut un temps de prière, de jeûne et de communication entre les âmes.

XXII

Après cinq jours et cinq nuits, Lucius savait. Pâle, fatigué mais éclairé, il rejoignit les siens, Thrasyllus, Caleb et Tarrar, qui patientaient dans les grandes salles caverneuses du temple. Il était calme, apaisé et digne. Il prit un bain, mangea et dormit. Et au cours de la nuit, dans le silence des parcs entourant le temple qui, avec la complicité du scintillement doré des étoiles, était tissu d'une atmosphère mystique, il réveilla Tarrar et dit :

« Prends ce coffret de sycomore... »

Il s'agissait d'une petite cassette élégante qui l'avait toujours accompagné partout.

Tarrar, les yeux encore bouffis de sommeil, saisit le coffret.

« Suis-moi », commanda Lucius.

Le petit esclave, rempli d'étonnement, suivit son maître. Lucius franchit les innombrables enceintes du temple, peuplées d'ombres fantomatiques. Il traversa les parcs, hantés de sphinx et d'obélisques. Les parfums exhalés par les daturas donnaient le vertige. Il parcourut ensuite toute l'oasis, passa sous la palmeraie et longea les gourbis des indigènes.

Tarrar suivait Lucius. Le petit esclave, curieux, sentait que le coffret de sycomore n'était pas fermé. Il l'entr'ouvrit... et vit, éclairée par la lueur vacillante des étoiles, une petite sandale de femme qui ne lui était point inconnue...

Quoiqu'au comble de l'étonnement, le petit esclave continua à suivre son maître fidèlement. Il l'aurait accompagné jusque dans la mort...

Voilà qu'apparaissait le désert... Le maître s'y engagea. Tarrar allait de surprise en surprise. La nuit déployait son dôme d'étoiles au-dessus d'eux. En face s'étendaient les sables argentés.

« Creuse », ordonna Lucius, se détournant soudain.

Tarrar sursauta. Il déposa le coffret dans le sable et se mit à creuser un trou de ses mains.

« Plus profond, ordonna Lucius, creuse plus profond... »

Le petit esclave creusa. Comme un petit singe, rapidement, il creusa des deux mains un trou profond.

« Dépose le coffret dans le trou », ordonna Lucius.

Tarrar s'exécuta et considéra son maître.

« Recouvre le coffret de sable... »

De nouveau Tarrar s'exécuta, obéissant à l'injonction de son maître.

Lucius dit alors :

« Rentrons. »

Et il repartit vers l'oasis. Mais Tarrar, avant de le suivre, tassa de ses pieds le sable sous lequel était enfoui le coffret et le recouvrit complètement, puis, satisfait, avec force gestes impétueux, il se lança dans un torrent d'implacables anathèmes dans son idiome libyen...

XXIII

Une fois les voyageurs de retour à Memphis, Caleb exhiba la peau d'un lion abattu dans le désert et, à bord de la thalamège, conta d'horribles histoires qui faisaient une large part aux fantômes du désert et aux visions infernales. La nuit était tombée et l'embarcation glissait, remontant les eaux du Nil. Le ciel était duveté de bleu comme une sombre batiste, l'eau d'un bleu plus clair comme une soie froissée. La lune, en son décours, flottait au-dessus des bouquets de palmiers et des maisons de campagne en bordure du fleuve comme un grand fruit trop mûr qui menaçait d'éclater dans le ciel et dont le jus dégoulinait déjà en grosses gouttes orange à la surface du Nil.

Et tandis que résonnait la rengaine monotone des rameurs, accompagnant le frappement régulier des avirons sur l'eau, Thrasyllus, assis à côté de Lucius, laissa libre cours à sa tristesse et dit :

« L'Égypte n'est plus l'Égypte... Alexandrie est un lieu de commerce et Memphis la grandeur déclinante. Les prêtres sont cupides et ne connaissent plus l'Hermétique Sagesse... J'ai remué cinq jours durant les papyrus poussiéreux de la bibliothèque laissée à l'abandon du sanctuaire d'Amon : on dirait que tout ce qui vaut d'être connu se cache...

— Sans doute les prêtres cachent-ils l'Hermétique Sagesse à dessein, dit Lucius.

— Ils ont agi ainsi autrefois avec Platon et Pythagore, du temps où leurs âmes élevées n'étaient pas encore à vendre... Désormais ils ne montrent ce qu'ils ont et ne livrent ce qu'ils savent qu'en échange d'espèces sonnantes. Mais ils n'ont rien que nous ne possédions à Rome dans le temple d'Isis, et ce qu'ils savent n'est pas la clé du bonheur. Et pourtant... pourtant je crois en une parole sacrée, transmise oralement dans la Kabbale, de père en fils. Mais je n'ai encore appris cette parole de la bouche d'aucun prêtre, pas davantage à Memphis que dans l'oasis... Pourtant j'ai l'espoir... Il y a Thèbes... Il y a les secrets de l'Éthiopie... jusqu'à ce que nous arrivions aux colonnes de Sésostris... »

Lucius eut un faible sourire.

« La parole, dit-il. La clé du bonheur... Thrasyllus, le bonheur n'est-il pas une chimère ? Le bonheur ne consiste-t-il pas à se placer pieusement sous l'égide de son Destin, et la parole secrète est-elle autre chose que cette orgueilleuse sentence : *Soyez votre propre divinité...* ? »

Le vieil homme tressaillit.

Et il murmura :

« Toi aussi, tu as entendu cette parole... ? Comme moi je l'ai entendue à Saïs... Je n'y ai pas attaché d'importance, elle ne me satisfaisait pas...

— Elle m'a satisfait, moi, quand je me trouvais dans l'oasis, parce que c'est une parole orgueilleuse pleine de force et qu'il m'a fallu de la force et de l'orgueil... depuis que je sais, Thrasyllus...

— Depuis que tu sais, Lucius... ?

— Que Carus m'a ravi Ilia. »

Le vieil homme sursauta violemment.

« Tu sais ? Tu sais ? s'écria-t-il. *Qui* a parlé ? *Qui* a trahi ?

— La propre voix de mon âme, que les oracles ont fait parler en moi. Ma propre pensée avançant à tâtons, que les oracles ont guidée. Depuis la sibylle de Rhacôtis, qui s'est contentée de lire dans mes pensées, jusqu'au grand-prêtre d'Amon-Rê, qui m'a parlé comme un père... et ma confié la Parole : *Soyez votre propre divinité...*

— Tout comme Nemu-Pha me l'a confiée, à Saïs... J'ai payé cette parole avec de l'or.

— Je l'ai payée avec de l'or, dans l'oasis... La belle affaire, Thrasyllus. La Parole m'a donné de la force et de l'orgueil.

— Ô mon enfant ! Tu pourrais guérir de ta souffrance et de ton chagrin.

— Ils ne demeurent plus en moi. Je n'ai plus ni chagrin ni souffrance. Je suis ma propre divinité...

— Les dieux souffrent... Isis a souffert à cause d'Osiris... Tous les dieux souffrent...

— Je ne souffre plus. Mon chagrin ne demeure plus en moi. Le monde et la vie sont beaux. Vois comme les couleurs et la lumière sont belles... Le ciel est duveté de bleu comme une sombre batiste, l'eau froissée comme une soie bleue, et la lune comme un grand fruit trop mûr qui éclate dans le ciel et dont le jus dégouline à la surface du Nil. Cette nuit est belle. Demain apportera une autre beauté. Parmi toutes ces beautés successives, Thrasyllus, je veux être mon propre dieu...

— Ô mon enfant, j'aurais tant voulu te révéler cette parole, mais je suis tellement plus heureux que tu l'aies découverte par toi-même ! »

Dans la nuit s'éleva bien haut la gamme d'une harpe, puis la voix pure et cristalline de Cora, accompagnée par d'autres harpes et d'autres voix.

« La parole d'orgueil, la parole de force, Thrasyllus », dit Lucius avec calme. Et le vieux pédagogue vit ce sourire tranquille qu'arborait son jeune maître en disant :

« Et qui me rend presque heureux... »

XXIV

À l'abondante rosée de la nuit succéda l'enchantement de la fraîche chaleur d'un matin d'été. Sur les rives du Nil, les arbres luxuriants exubéraient extraordinairement. Là, du côté libyen, se trouvait la cité d'Acanthos*, avec son temple d'Osiris, situé dans une vaste forêt d'acanthes de Thébaïde, dont on extrait les gommes parfumées. Puis, sur la rive arabe, apparut Aphroditopolis, la seconde ville à porter ce nom, avec son temple de la Vache Blanche. Les voyageurs atteignirent ensuite le nome Héracléopolite, une grande île sur le Nil, d'où part un canal qui traverse le nome d'Arsinoé, le nome le plus fertile de tout le pays. Ici et seulement ici les oliviers exubéraient en épais bosquets argentés; mais ici aussi les pampres se balançaient en épais festons dont les fruits commençaient à gonfler ; ici, les arbres fruitiers ployaient sous le poids de leur fardeau et les jardins potagers s'étiraient ; ici, la faux des cultivateurs fendait l'abondance des blés ; ici, la terre grasse donnait l'abondance et la prospérité ; ici, les incomptables moutons enlainaient les collines, comme autant de mer blanches estompées ; ici, cristal bleu, le splendide lac Moeris s'étendait jusqu'à l'horizon, avec ses rives sablonneuses, comme une mer intérieure d'eau douce. En des temps reculés, l'océan atteignait vraisemblablement ces rives et alluvionnait toutes les terres septentrionales de la Basse Égypte, ce don du Nil*, selon l'expression déjà ancienne d'Hérodote. Ici, les calices dédoublés des lotus fleurissaient dans les eaux, et sur les fleurs blanches, on élevait et révérait les scarabées sacrés.

Seul dans ses errances matinales, Lucius vaguait le long des bords du lac. Le calme en ce lieu était si étrange, la beauté si sacrée, et il flottait dans l'air comme une consolation bienfaisante. Ces terres étaient bénies des dieux et Lucius aimait à s'y attarder. La thalamège était à l'amarre sous des bouquets d'acanthe. Autour de l'embarcation, les roseaux en fleur croissaient à hauteur d'homme. Et toutes les après-midi, à l'heure où le soleil commençait à décliner, Lucius, tantôt accompagné de Thrasyllus, tantôt seul, se promenait en direction du Labyrinthe.

Le chemin suivait les constructions hydrauliques du canal où, sous la surveillance des ingénieurs, l'eau charriée par le canal jusqu'au lac ou depuis celui-ci était chaque jour minutieusement sondée. Les terres cultivées et habitées autour du lac Moeris, aussi grand qu'une mer, n'étaient jamais inondées. Le Nil était-il en crue, seul montait le miroir de cristal bleu du lac. Les eaux du fleuve venaient-elles à baisser, celles du lac les alimentaient aussitôt grâce à un contrôle rigoureux des écluses. L'eau était en toute circonstance une divinité bienfaisante.

Le chemin menant au Labyrinthe longeait les constructions hydrauliques. Lucius l'apercevait tous les jours dans l'éclat du soleil couchant, teinté de splendeurs vermeil et orange : une étrange cité titanesque et monolithique, une succession de palais dont les colonnes et les aulas tout autour s'alignaient les unes derrière les autres, infiniment, jusqu'à l'horizon du couchant. Les lueurs orange et vermeil rougissaient sur les tables de pierre lisse des toits, dont la hauteur n'excédait pas celle d'une colonne supportant un étage, et ceux-ci étalaient leurs immenses terrasses comme un désert recouvert d'un parement. C'étaient vingt palais, chaque palais étant ceinturé de vingt-sept colonnes monolithes, et toute cette invraisemblable architecture des siècles passés ne comportait pas une seule poutre de bois, pas le moindre ciment, pas la plus petite trace d'un quelconque ouvrage de maçonnerie : tout n'était que pierres posées sur d'autres pierres avec une infaillible précision, colonnes taillées près d'autres colonnes, d'une circularité parfaite, chaque colonne étant sculptée dans un seul bloc de pierre. Derrière les palais, de la longueur d'un stade*, se dressait la pyramide quadrangulaire, le tombeau de l'édificateur, le tombeau du roi Amenemhat*.

Les prêtres qui gardaient le sanctuaire menèrent Lucius à travers les salles et les cryptes*. Les vingt palais représentaient les vingt nomes égyptiens d'autrefois. Les émissaires de chacun des nomes, accompagnés de leurs prêtres et de leurs prêtresses, se rassemblaient jadis dans leur palais, ou aula, pour y pratiquer des sacrifices et conférer de questions importantes relatives aux affaires de l'État ou au bien-être local... Mais désormais les palais étaient abandonnés, les cryptes étaient abandonnées, et les prêtres menaient Lucius par d'innombrables couloirs abandonnés et sinueux, qui serpentaient comme des méandres, de palais en palais. Les torches enduisaient de leurs lueurs de sang les parois, les parois lisses et monolithiques des couloirs et des salles, les pavements et les plafonds, pierre après pierre, pierre sur pierre, toutes d'incroyables dimensions et sans le moindre jointoiement de ciment, seulement juxtaposées ou superposées les unes aux autres. La sublime architecture du lieu, aux proportions humaines, en faisait aux yeux de Lucius la merveille du monde, encore supérieure aux pyramides.

Juché sur un chameau, de même que l'oncle Catullus, Lucius, en compagnie d'une suite impressionnante, poursuivit sa route d'une centaine de stades en direction d'Arsinoé-Crocodilopolis. Les arbres luxuriants, plus lourds, plus paradisiaques encore, fleurissaient autour des voyageurs, jusqu'au moment où ils atteignirent le lac sacré, où l'on élevait un crocodile, sacré lui aussi, qui portait le nom de Such.

« Allons, dit l'oncle Catullus, encore un de ces bestiaux que l'on garde en réserve pour l'édification des étrangers ! »

Et, de fait, les prêtres qui accueillirent les voyageurs devant le dromos du lac sacré, ceint de colonnes sur tout son pourtour, commencèrent par réclamer aimablement un statère par personne pour l'entrée. Caleb, par-dessus le marché, avait veillé à se pourvoir de riches provisions en guise d'offrande à la divinité. Les esclaves portaient dans des corbeilles aussi bien des gâteaux que de la viande rôtie et des jarres d'hydromel.

Such, un monstre immense, avait sa demeure dans les eaux du lac, mais les prêtres avaient réussi à apprivoiser l'effrayante divinité. Pour l'heure, ils étaient occupés à l'attirer du centre du lac, où se trouvait son temple, vers la rive, car des étrangers originaires de Perse, arrivés juste avant Lucius, souhaitaient lui faire don de leurs offrandes. Sur les rives du lac, les prêtres, absolument insoucieux, saisirent Such par les mâchoires, lesquelles étaient terribles, et lui firent ingurgiter les gâteaux, la viande et le vin des seigneurs perses, qui, fort amusés, partirent d'un rire bruyant.

« Ce sont certainement des Excellences, dit Caleb, et ils vont des colonnes de Sésostris jusqu'à Alexandrie comme vous, Excellence, vous allez d'Alexandrie jusqu'aux colonnes de Sésostris. Seigneur, si vous me le permettez, j'aimerais échanger quelques mots avec le guide de ces nobles seigneurs perses... »

Lucius consentit. Le crocodile, après avoir ingurgité les dons des Perses, regagna le centre du lac. Cependant, les prêtres se hâtaient de l'attirer vers l'autre bord, où patientait Lucius. Le crocodile s'approcha voracement et les prêtres, sans trahir la moindre peur, le saisirent une nouvelle fois par les mâchoires, de terribles mâchoires. Le monstre, apparemment insatiable, engloutit cette fois les gâteaux et la viande offerts par Lucius. Les prêtres versèrent en riant une jarre d'hydromel dans sa gueule.

Pendant ce temps, Caleb, après une brève discussion avec le guide des seigneurs perses, se répandait en salamalecs.

« Il est en train de faire la réclame de son *Diversorium* aux Perses », railla l'oncle Catullus.

Et en effet, après quelques minutes, Caleb, avec une grâce toute guillerette, rejoignit ses propres voyageurs et leur glissa mystérieusement à l'oreille :

« J'ai recommandé avec insistance aux seigneurs perses de descendre à la Maison d'Hermès, à Alexandrie, et j'ai donné à leur guide un ptolémée en or. Eh oui ! nobles Seigneurs, les affaires sont les affaires, et si nous n'en faisions pas à Alexandrie, je perdrais tout espoir de revoir un jour mon cher pays de Saba. Il faut avoir fait des affaires si l'on veut y vivre, car le pays n'offre aucune chance d'en faire, Excellences... »

En passant par Héracléopolis, où l'on vouait un culte divin à l'ichneumon*, la mangouste tachetée qui détruit les œufs des vipères et va même jusqu'à attaquer celles-ci après s'être roulé dans la vase qui, en séchant sur son corps, lui fait comme une armure, les voyageurs atteignirent Cynopolis, la ville où le chien est vénéré comme l'incarnation d'Anubis, et Oxyrhynque, la cité où l'on révère les poissons du même nom*. On eût dit que, dans cette région d'Heptanomis où, sur la rive arabe du Nil, les Montagnes d'Alabastrite*, d'une blancheur aveuglante, faisaient flamboyer leurs contours étrangement découpés sur le fond du ciel, tous les animaux jouissaient d'une vénération divine, comme si les prêtres avaient partout institué en abondance ces formes de culte populaire rendu aux animaux afin de mieux garder par devers eux les secrets de l'Hermétique Sagesse. Chats et éperviers, moutons et loups, cynocéphales et zébus, aigles et lions, chèvres, boucs, araignées : pas une bête qui ne fît l'objet d'un culte dans tels ou tels ville ou village, pas une bête qui n'eût son temple ou ses prêtres. Aussi l'oncle Catullus déclara-t-il qu'il était las de se voir contraint d'admirer tous ces animaux sacrés, d'autant plus qu'Apis le taurillon et Such le crocodile étaient les seuls à présenter quelque intérêt pour les spectateurs. Toutes ces bêtes à cornes, tous ces poissons et ces oiseaux, toutes ces créatures animales, depuis les carnassiers jusqu'aux insectes, toutes adorées, servies, nourries et exposées à la vue des étrangers dans des temples, chaque fois pour une pièce d'or par personne... il y avait vraiment de quoi perdre la tête, surtout quand après une première Crocodilopolis à gauche en surgissait une seconde sur la rive droite du Nil, elle aussi avec son Such... !

« Lucius, déclara l'oncle Catullus, en toute honnêteté, que l'on ne compte pas davantage sur moi pour donner à manger aux crocodiles sacrés, aux taureaux, aux chats et autres coléoptères. J'ai assez vu de ces bestiaux, entends-tu, mon neveu ! »

Lucius et Thrasyllus abondaient dans le sens de l'oncle et, dépassant la magnificence purpurine des Montagnes de Porphyre, crêtant de rouge feu l'orangé du ciel vespéral, la thalamège remonta le courant jusqu'à Ptolémaïs, la plus grande ville de la Thébaïde.

Ptolémaïs était une cité prospère, administrée comme Alexandrie par une édilité fondée sur le modèle grec, mais, après Ptolémaïs, ce fut surtout Abydos qui séduisit les voyageurs. Ils y admirèrent le Memnonion* qui, s'il ne pouvait rivaliser en gigantisme avec le Labyrinthe, n'en avait pas moins été bâti à partir de monolithes, suivant le merveilleux système d'une architecture antique désormais perdue. Ils y virent en outre la source souterraine, à laquelle on accède en passant plusieurs voûtes et galeries monolithiques, splendeur d'édification souterraine faite de gigantesques pierres lisses, toujours sans jointoiement, tout simplement empilées ou juxtaposées. Le temple d'Apollon surgit dans un bosquet d'acacias en fleur, comme dans le rêve soudain d'une profusion de fleurs blanches et odoriférantes.

Vinrent ensuite Diospolis-la-Petite et Tentyra. Les Tentyrites adoraient Aphrodite et chassaient le crocodile, qu'ils exterminaient partout où ils le pouvaient, ce qui poussa l'oncle Catullus à déclarer que ce choix civilisé était un indice de bon goût. Après Coptos, à moitié arabe, et Apollonopolis, surgit Thèbes, la ville aux cent portes, portes qu'Homère* chantait déjà en son temps, portes qui pouvaient livrer passage à deux cents guerriers avec leurs chevaux et leurs chars de combat. Alors que les voyageurs s'approchaient, dans l'aube rosâtre à l'arrière-plan de Thèbes, la silhouette féerique des Montagnes d'Émeraude verdoyait, transparente et lointaine comme un rêve, parmi les lueurs brumeuses de l'horizon...

Thèbes, qui s'appelait déjà Diospolis-la-Grande, vouait un culte à Zeus-Jupiter.

« Le ciel soit loué ! dit l'oncle Catullus. Les Hauts-Égyptiens sont enfin des gens intelligents. Aphrodite et Jupiter sont de nouveau à l'honneur ! C'en est fini de tous ces crocodiles, boucs, chiens, rats, éperviers et coléoptères de la création. Il était temps ! »

À l'instar de Memphis, Thèbes s'étendait comme une immense cité antique à l'agonie. Le long du Nil, sur quatre-vingts stades qui paraissaient infinis, ses palais et ses temples antiques s'alignaient, abandonnés, décrépits, lézardés, les colonnes et les murs menaçant de choir et de s'enfoncer, les colosses et les sphinx mutilés, les obélisques déjà jetés à bas. Même au soleil, une grisaille mélancolique se répandait sur la gigantesque cité, par les rues de laquelle affluaient les piétons, les chameaux et les litières, mais sans l'effervescence métropolitaine qui avait régné à Alexandrie. La morosité d'une gloire sur son fatidique déclin se déployait sur toute cette immensité architecturale, à laquelle, plusieurs siècles auparavant, Cambyse et ses hordes perses avaient porté un coup fatal, comme au moyen d'une massue géante.

Dans la nuit enlunée, la ville, avec sa silhouette de mastodonte, avec son interminable rangée de palais titanesques, se dressait sur les bords du Nil comme une citadelle de Titans, et il s'en exhalait une atmosphère mystérieusement oppressante. Dans ces temples désertés, les prêtres omniscients, héritiers de Moïse et d'Hermès Trismégiste, cultivaient avant tout les sagesses perdues. On y connaissait la suprême sagesse, celle de la philosophie, de l'astronomie et de l'astrologie. On y calculait la durée de l'an et du jour en se basant sur le cours du soleil et non plus, comme à l'origine, sur celui de la lune ; on y divisait l'année en douze mois de trente jours, avec cinq jours supplémentaires, et on calculait la portion de temps qu'il fallait ajouter aux trois cent soixante-cinq jours pour connaître la durée exacte de l'année. Les rois qui régnaient ici autrefois avaient régné, à en croire les hiéroglyphes qui couvraient les obélisques, sur la Scythie, la Bactriane, l'Ionie, l'Inde ! Ils avaient gouverné le monde en ces siècles engloutis dans les profondeurs du Passé ! Dans les espaces démesurés de leurs palais et de leurs temples immenses, d'où, à travers les rangées de pylônes, on pouvait voir le cours argenté du Nil briller sous la lune avec le même éclat que dans les siècles révolus, il ne restait pas le plus petit grain de poussière de la vie, matérielle ou immatérielle, de cette longue, très longue succession de monarques, dont seuls des obélisques lézardés ou mutilés gardaient encore gravés les noms, et dont l'histoire ne se fondait plus que sur quelques légendes controversées. La profondeur de ce Passé donnait le vertige à l'esprit impressionnable de Lucius. Cela ne l'empêcha toutefois point d'errer aux côtés de Thrasyllus à travers les immenses salles désertées et les cours, tantôt obscurcies par l'ombre, tantôt baignées par la lumière spectrale de la lune, et de se laisser séduire par la beauté grandiosement sombre de cette profondeur vertigineuse...

Ici aussi se dressait un Memnonion monolithique. Ensuite se juxtaposaient les quarante tombes royales, sculptées dans le roc. Et devant ces ruines titanesques, qui ne recelaient plus de momies, dans cette nuit de lune, les voyageurs purent observer deux Colosses assis, eux aussi taillés dans un monolithe. Mais le premier avait le torse brisé – par quelle force ? – et s'était écroulé dans les hautes herbes, tandis que le second continuait à fixer l'orient dans une position hiératique, ses longues mains posées sur ses genoux, son énorme tête extatique couronnée du pschent, avec ses immenses yeux – dont l'émail et les pierres précieuses figurant les pupilles avaient disparu –, figés dans leur cécité.

Sous la clarté nocturne de la lune, les voyageurs demeurèrent silencieux face à la statue, et même l'oncle Catullus s'abstint d'ironiser. L'atmosphère était tissée d'un frissonnement divin. La lune déclinait, l'aube rosissait...

Tout à coup, comme s'il s'agissait d'une voix humaine, une note sortit de la statue... Une note émise avec pureté, presque plaintivement, dévidée comme par la sonorité puissante d'une voix d'homme haut perchée, qui s'enfla, vertigineuse d'humanité, quasi divine, et se brisa brutalement. Sous la lumière vacillante, seuls l'entendirent Lucius, Thrasyllus, Caleb, Cora et tous les esclaves des deux sexes qui avaient accompagné les voyageurs. Caleb devint très pâle et se mit à embrasser ses amulettes à n'en plus finir.

Immobile, silencieux désormais, le Colosse aveugle dardait son regard figé sur le soleil, qui jaillissait d'une mer de lueurs rosées et de brumes pailletées d'or...

Ce soir-là, les voyageurs assistèrent dans le temple de Zeus-Jupiter-Rê à l'étrange cérémonie des noces de la Pallade*, ou Pallachide. C'était la fille d'une des familles les plus en vue de Diospolis* et, un mois auparavant, sa beauté et sa naissance l'avaient fait choisir afin qu'elle devînt hiérodule de la divinité. Tout au long de ce mois, elle avait servi le dieu en offrant sa beauté à la personne de son choix. À présent que le temps de son service était accompli, elle épousait son fiancé, un jeune homme qui, tout comme elle, provenait d'une des familles les plus anciennes et les plus en vue de Thèbes. Une cérémonie de deuil ponctuée de complaintes marquait le terme du service au temple de cette jeune fille si belle et si bien considérée. Tous lui avaient offert des présents, qu'un mois durant elle avait reçus allongée sur sa couche. Partout des cris de joie célébraient ses noces. Parée et encensée comme une déesse, elle reçut les honneurs d'une foule compacte et, après son mariage, embrassa la hiérodule qui devait lui succéder, elle aussi une vierge provenant d'une des familles les plus importantes de la ville, qui fut exposée nue devant l'autel et se révéla d'une beauté charmante, pareille à un enfant.

« À Rome, fais comme les Romains, ironisa l'oncle Catullus. Pour ma part, je n'aimerais pas me trouver à la place du jeune marié, mais comme personne ne semble trouver à redire à la situation, il est de la plus élémentaire courtoisie que nous autres, étrangers, fassions comme si c'était la chose la plus naturelle du monde... »

Ce que disant, il s'approcha avec Lucius, Thrasyllus et Caleb de la mariée, qui resplendissait de bijoux aux côtés de son époux, tandis que leurs esclaves jetaient à ses pieds des roses, des lis et des fleurs de lotus et qu'elle les remerciait en silence, digne et gracieuse au milieu du cercle familial, d'un geste de souveraine.

Hélas, au grand désespoir de l'oncle Catullus, à Thèbes succédèrent sur les bords du Nil d'autres cités où l'on vénérait les crocodiles, les poissons, les éperviers...

« Lucius, dit l'oncle à son neveu d'un ton grave, un beau matin, alors que la thalamège approchait d'Apollonopolis Magna, mon cher enfant, il faut que je te fasse un aveu. Je crois bien, Lucius... que j'en ai assez. Tous ces éperviers, ces poissons et ces crocodiles de nature divine me rendent malades, pour ne rien dire des chiens, des loups, des coléoptères, des taureaux, enfin de tout ce bestiaire. Et non seulement tous ces animaux sacrés me rendent malades, mais il en va de même de cette curieuse cuisine égyptienne, et je soupçonne en outre Caleb d'ajouter de l'esprit d'orge aux vins qu'il nous sort de ses propres réserves, aussi bien le vin de Maréotis, épais comme l'encre, que la liqueur topaze de Napata. Lucius, mon cher enfant, je suis vieux et malade. Ma tête est comme une éponge, non point gorgée d'eau, mais des impressions que m'ont procurées tous ces cultes bizarres et ces mœurs immorales. Mon estomac aussi est saturé, et mon palais surexcité. Je soupire après quelques huîtres succulentes et un jeune paon rôti. Je conçois parfaitement que cela ne se trouve point sur le Nil, toutefois je serais assez désireux d'apprendre de ta bouche en quoi consistent tes projets immédiats... Il m'a semblé entendre parler de grandes parties de chasse ainsi que des colonnes de Sésostris...

— Mon oncle, dit Lucius en souriant, Caleb m'a en effet proposé de quitter la thalamège à Philæ, où nous ne saurions tarder à arriver, et de parcourir l'Éthiopie en grande escorte avec des charrettes, des chameaux, des éléphants et des tentes, de chasser l'éléphant et l'autruche et, en passant par Napata et Méroé, en traversant les forêts et la brousse, de gagner le cap Dire et les colonnes de Sésostris, où nous retrouverons la quadrirème et prendrons le chemin du retour.

— Pour être franc, mon cher garçon, j'ai l'impression que mon cerveau spongieux et mon estomac barbouillé s'accommoderont mal de ce voyage. Si je l'accomplissais à tes côtés, nul doute que ce que j'appréhende ne devienne réalité, que l'Égypte ne soit ma mort. Je crois que j'agirais plus sagement en redescendant le Nil à bord de la thalamège, qu'en penses-tu ? quitte à retrouver tous ces loups, ces éperviers, ces chats et ces coléoptères sacrés au passage... »

Mais Caleb, s'étant approché, prit la parole.

« Dans ce cas, Seigneur Catullus, j'ai un bien meilleur plan... En effet, votre respectueux serviteur pense tout comme vous que ce voyage à travers l'Éthiopie ne serait pas sans vous causer d'extrêmes fatigues... C'est pourquoi je voudrais suggérer que la thalamège vous ramène à Apollonopolis-Magna en empruntant le canal qui mène à Bérénice, puis au golfe Acathartos, dans le golfe d'Arabie[1]. À Bérénice, vous retrouverez la quadrirème, qui a quitté Alexandrie et, en passant par Péluse* et le canal de Nékao[2], a mis le cap sur Arsinoé et a remonté le golfe d'Arabie pour venir nous chercher près des colonnes de Sésostris. Le voyage vous préserverait ainsi de tout désagrément et constituerait un véritable plaisir, car le canal de Bérénice longe les Montagnes d'Émeraude, et c'est un rêve, Excellence, c'est un rêve... »

---

[1]La mer Rouge. (Note de l'auteur)
[2]L'ancien canal qui traversait l'isthme de Suez. (Note de l'auteur)

Tels furent les conseils que prodigua Caleb à l'oncle Catullus. Il se disait que si celui-ci adoptait ce projet de voyage au lieu de regagner Alexandrie, les suites princières de la Maison d'Hermès demeureraient inoccupées et pourraient être louées aux seigneurs perses qui avaient nourri Such au lac Moeris et qui voyageaient à rebours de ses propres Excellences...

XXV

Ainsi fut fait. L'oncle Catullus étant d'avis que la proposition de Caleb n'était pas sans attrait, il demeura donc avec Rufus, le sous-intendant, et une multitude d'esclaves sur la thalamège, caressant le projet de se rendre d'Apollonopolis-Magna à Bérénice pour y retrouver la quadrirème, cependant que Lucius, Thrasyllus et Caleb montaient à bord d'une modeste embarcation qui devait les emmener à Syène*. Tarrar et Cora étaient de ce voyage.

« Cora, avait demandé Lucius, ne crains-tu pas un tel voyage à travers la forêt et la brousse ?

— Seigneur, je suis votre esclave, avait répondu Cora avec joie, et elle s'était jointe au groupe.

— La nuit, Cora, quand nous rentrerons de la chasse, tu chanteras pour nous, sous les étoiles scintillantes de l'Éthiopie... »

A Syène, les voyageurs aperçurent les derniers soldats romains : trois cohortes étaient toujours stationnées dans cette ville, à la frontière éthiopienne. À Éléphantine, on pouvait voir la Petite Cataracte, au milieu du fleuve, se précipiter sur des tables rocheuses. Sur leur surface lisse, l'eau commençait par prendre un élan rapide, pour ensuite plonger profondément sur un rempart de rochers, avec un gargouillis retentissant... Les voyageurs virent les bateliers déboucher de Philæ dans de légères embarcations, s'élancer avec le fleuve puissant et bouillonnant sur les tables, sauter par-dessus le mur de rochers et, poussant des cris de joie, se laisser entraîner par la cascade, avec leur embarcation et tout leur fourbi. Cela paraissait un plaisir à ce point inoffensif que Caleb d'abord, Lucius ensuite, et même Cora, solidement sanglés dans leur esquif, s'élancèrent à leur tour sur les tables, sautèrent par-dessus le mur, et se laissèrent entraîner par la cascade...

De Syène à Philæ, le voyage se poursuivit en charrette, sans aucun luxe de commodités, cette fois. Sur une centaine de stades, la route parcourait une plaine sans le moindre accident, bordée par d'étranges et énormes rochers ronds, pareils à des statues d'Hermès : des pierres noires, de forme cylindrique et comme polies, empilées par groupes de trois, de la plus grande à la plus petite. Les voyageurs furent transportés jusqu'à l'île dans un pactôn* construit de lattes et de branches d'osier, où l'eau venait inonder leurs pieds.

« Hérodote raconte, dit Thrasyllus, que les mystérieuses sources du Nil se trouveraient ici, entre Syène et Éléphantine, et que le canal qui y conduit est un abîme et une mer sans fond ! * Mais Hérodote n'en est pas à une fable près ! Car, remarque-le, l'abîme, la mer sans fond dont il est question sont partout recouverts d'îlots, qui plus est habités. Les sources du Nil ne sont sûrement pas ici... »

Les voyageurs continuèrent jusque Tacompsos en bateau. Mais au-delà, il leur faudrait traverser les forêts éthiopiennes. Lucius grimpa sur son éléphant, les autres sur des chameaux. Ceux-ci peinaient sous le poids des tentes et des bagages, qui avaient été réduits au strict minimum. Caleb avait loué une escorte puissamment armée, composée de robustes Libyens et d'Arabes au pied léger. Car quoique les Éthiopiens, peu portés sur les démonstrations guerrières, ne fussent point dangereux pour les voyageurs, il restait les peuplades sauvages, les Troglodytes, les Blemmyes, les Nubiens, les Mégabares, et surtout les Ichtyophages et les Macrobiens, qui, à défaut d'être impressionnés par un déploiement de force, pourraient bien avoir l'idée de s'en prendre aux voyageurs et de les dépouiller. On se trouvait ici aux confins du monde civilisé, pour ne pas dire aux confins du monde... Certes, Napata et la capitale éthiopienne, Méroé, étaient encore situées sur les bords du Nil, mais passé cette limite se perdait le secret de l'extrémité du monde, le secret des sources du Nil, le secret des horizons du disque terrestre, le secret des océans infinis... Ici, au cœur de ces forêts, commençait la tentation de simplement continuer, de continuer sans cesse, de continuer encore et toujours, pour savoir où cela s'arrêterait, quelles que fussent les tentations et les calamités. Caleb raconta l'histoire de voyageurs qui, s'étant aventurés de plus en plus loin, avaient vu surgir de l'horizon la tête horrible et gigantesque de Typhon, qui, la gueule béante, les avait engloutis. Un guide qui en avait réchappé l'avait raconté et Caleb le jugeait digne de foi. C'était là aussi que, dans les profondeurs insondables de l'océan qui arrosait le disque terrestre sur toute sa longueur, se tenait tapi le serpent géant qui, lorsque d'aventure il remontait à la surface afin de se faire rôtir au soleil torride du Sud, s'enroulait à la manière d'une spirale et recouvrait à perte de vue toute l'étendue des eaux ! Un jour, raconta Caleb, des voyageurs téméraires qui avaient pris le serpent pour une sorte de désert sombre s'étaient promenés pendant plusieurs heures au milieu de ses écailles, et ce ne fut que lorsque le serpent se mit à remuer qu'ils se rendirent compte de l'horreur de leur situation. Ils furent précipités dans la mer où l'on sombre, l'on sombre trois siècles durant, avant d'atteindre aux frontières du royaume infernal de Typhon.

Caleb n'avait pas son pareil pour enchaîner les histoires épouvantables. Pendant ce temps, la nuit tombait sur la forêt, les étoiles commençaient à scintiller, les feux jetaient de hautes flammes, les tentes étaient dressées et un mouton rôtissait à la broche. Ce que racontant, Caleb se causait à lui-même une telle frayeur, laquelle se communiquait aux conducteurs et aux gardes, que tous, parcourus de frissons, priaient Cora de chanter. Alors Cora chantait en s'accompagnant à la harpe et, au son de sa voix, les monstres de l'enfer, les fantasmes funestes, les géants et les pygmées s'évanouissaient. Le sommeil se répandait sur tous, à l'exception de Thrasyllus qui, souriant, pensif, levait les yeux vers les étoiles, se disant que lui, grâce à ses études, connaissait ce secret occulte, à savoir que la terre n'était pas un disque arrosé par la mer, mais une boule qui brûlait d'un feu interne et tournait autour du soleil, centre de l'univers...

On eût dit qu'une nouvelle santé rendait à Lucius force et gaieté. Oui, il semblait à Thrasyllus que Lucius ne pensait plus du tout à Ilia et qu'il était guéri de son humeur chagrine. Dans les forêts éthiopiennes, qui les enveloppaient presque entièrement de l'impénétrabilité de leurs arbres géants, de leurs épaisses frondaisons et de l'entrelacs de leurs lianes, il s'adonnait avec passion aux plaisirs des grandes parties de chasse que Caleb organisait avec l'aide de chasseurs aguerris, loués pour son noble client. Au nombre de ces chasseurs se trouvaient cinq Éléphantophages, en compagnie desquels Lucius chassait les éléphants, à qui il arrive de traverser la forêt en troupeaux. Les éléphants étaient souvent tués par des archers, qui se groupaient à trois pour manier un arc d'un poids imposant : deux hommes tenaient l'arc en avançant la jambe, tandis que le troisième tirait la corde, et la flèche, trempée dans du venin de serpent, touchait l'éléphant, qui tombait en perdant connaissance. S'il arrivait que l'éléphant ne fût pas tué, on le capturait dans un filet de corde et, lorsqu'il reprenait conscience, on le dressait à attirer d'autres éléphants. Si l'éléphant, toutefois, se révélait indomptable et, après avoir repris ses sens, se laissait aller à une fureur dangereuse, on le poussait avec force cris et hurlements contre un arbre dont le pied avait été intentionnellement scié. Les éléphants ont coutume de se reposer contre un tronc d'arbre, mais aussitôt que l'éléphant s'adossait à ce tronc-ci, il s'abattait sur le pachyderme et l'empêchait de se redresser, de sorte qu'il se brisait les pattes, après quoi il était achevé.

Le danger couru justifiait que l'on se livrât plus d'une fois à pareille cruauté, et les forces nouvellement régénérées de Lucius trouvaient satisfaction dans ces jeux violents et virils. Mais on chassait également l'autruche véloce, avec des chasseurs choisis parmi la tribu des Struthophages. Ces parties de chasse procuraient un plaisir fou et passionnaient surtout Caleb et Tarrar, mais même Thrasyllus et Cora y assistaient, car c'était un spectacle des plus réjouissants. En effet, les chasseurs se déguisaient en autruche en enfilant le bras dans le cou d'une autruche préalablement écorchée, surmonté d'une tête empaillée. Cela donnait d'abord lieu à des danses d'oiseaux effrénées. Ensuite, les chasseurs, en costume d'autruche, s'avançaient en semant des grains de blé et attiraient les véritables oiseaux, qui se précipitaient sur leurs pas et picoraient les grains jusqu'à se retrouver emprisonnés dans d'étroits ravins qui ne leur offraient pas d'issue et où ils tombaient sous les flèches des chasseurs. Leurs plumes précieuses, une fois blanchies et bouclées, servaient aux Struthophages pour confectionner de précieuses couvertures, que Caleb leur achetait pour une bouchée de pain afin de les envoyer à Alexandrie et à Rome, où elles étaient tenues pour des objets de grand luxe, ce qui lui permettait de se faire un joli magot.

Il arrivait que le danger fût présent dans la forêt. Le danger était présent lorsque les Struthophages rencontraient les Sioniens, des nomades avec lesquels ils étaient continuellement en guerre. Il était présent lorsque surgissaient les Acridophages, ces répugnants mangeurs de sauterelles tout couverts de vermine, mais la forte escorte des voyageurs – les robustes Libyens et les Arabes au pied léger – inspirait le respect et les nomades prenaient la fuite au premier trait décoché. Caleb, pour sa part, en aurait remontré à tous en matière de courage : il ne redoutait que les dryades* qui, une fois qu'elles vous ont capturé entre leurs bras – de vrais pythons ! –, vous rient si longtemps aux oreilles que vous en perdez la raison, avant d'être entraînés dans une danse mortelle. Il redoutait également, la nuit, au moment de s'étendre sur une couche matelassée de plumes d'autruche, les scorpions, qui n'ont pas moins de quatre mâchoires, et dont la morsure, si elle n'est pas mortelle, provoque toutefois un lent et incurable cancer...

On capturait aussi des lions au moyen de filets et des hippopotames dans des pièges. Les buffles sauvages étaient poursuivis par les chiens des chasseurs cynamologiens*. On chassait, à l'affût dans de hauts arbres ou au bord de l'eau, tapi dans les roseaux. Tous étaient saisis d'une excitation frénétique et Caleb, très sérieusement, alla même jusqu'à déclarer à Lucius qu'il se sentait le courage de continuer, de continuer sans cesse... pour aller combattre le serpent géant dans ses demeures océanes.

Mais les choses ne prirent pas tant d'ampleur. Cependant, la caravane approchait de Napata, des mines d'émeraude et des roches de topaze éthiopiennes. Les mines d'émeraude ressemblaient à de merveilleuses, d'enchanteresses grottes vertes, et des milliers d'esclaves y travaillaient. Les roches de topaze ne peuvent être admirées des visiteurs que la nuit, l'éclat jaune des pierres les rendant presque invisibles le jour ; mais elles brillent dans l'obscurité de la nuit. On plante alors sur chaque pierre trouvée des petits tubes métalliques grâce auxquels on peut les reconnaître et les extraire plus aisément à la lumière du jour. Dans des temps reculés, les rois d'Égypte et d'Éthiopie affectaient des gardes particuliers à la surveillance de ces mines...

À Napata, où les voyageurs arrivaient à présent, ils virent leur première ville entièrement barbare*. Il ne s'y prononçait pas un mot de latin. Lucius et Thrasyllus n'auraient réussi à s'y faire comprendre sans Tarrar et Caleb, et encore la langue éthiopienne donna-t-elle du fil à retordre au petit esclave libyen et au guide sabéen. Les Éthiopiens, qui n'avaient pour vêtements que des peaux de bête nouées à la ceinture, surprenaient par leur petite taille. Du reste, tout était petit chez eux : leurs maisons, faites de feuilles de palmier et de bambou, leurs buffles, leurs chèvres, leurs moutons... Thrasyllus en était à se dire que c'était en Éthiopie que devait être née la légende des Pygmées, ou peuplades naines.

Les autochtones ne mangeaient presque pas de viande mais faisaient une large consommation de légumes, de condiments et de jeunes pousses d'arbre, ou bien suçaient des tiges des roseaux et des fleurs de lotus. Le sang, le lait et le fromage complétaient cet ordinaire, mais leur alimentation se limitait à cela. Non, l'oncle Catullus n'aurait jamais survécu à pareille épreuve, pensa Lucius, tandis que les voyageurs poursuivaient leur route vers le sud, en direction de la capitale éthiopienne, Méroé, sur l'île du même nom. Ce fut l'occasion pour Lucius de découvrir que les célèbres vins de dattes et les liqueurs topaze de Napata et de Méroé n'étaient qu'une farce, que l'on ne distillait ni vin ni liqueur en Éthiopie et que les délicieuses boissons que maître Ghizla et Caleb avaient servies à l'oncle Catullus ne venaient pas de plus loin que du lac Maréotis, à Alexandrie !

Une végétation fabuleuse emparadisait l'île. Si les hommes et les animaux se distinguaient par leur petite taille, les arbres, quant à eux, croissaient avec une exubérance prodigieuse : les palmiers immenses, les ébéniers, les caroubiers et les *persea**, sous les gigantesques dômes desquels les huttes de paille tressée, regroupées en petits villages verts, se perdaient dans une épaisse frondaison. Dans les marais qui entourent le lac Psebô*, les voyageurs, s'ils ne s'attaquèrent pas au serpent géant, n'en chassèrent pas moins le terrible boa, qui ne recule pas à affronter l'éléphant. Les autochtones, au demeurant, leur firent assister à l'un de ces combats où un boa se trouve aux prises avec un éléphant et un hippopotame.

Furent visitées : les mines d'or, les mines de cuivre, les mines de pierres précieuses, ainsi que les temples d'Hercule, de Pan et d'une étrange divinité barbare. Les morts étaient immergés dans le Nil ou conservés dans les maisons sous des carreaux de pierre spéculaire de forme humaine. Au centre de la ville se dressait le Temple d'Or, où résidait le roi, environné d'un mystère sacré. Des plaques d'or s'intercalaient entre des colonnes de bambou. Dans les siècles révolus, les prêtres choisissaient les rois et les déposaient selon leur bon plaisir, mais depuis qu'un certain roi avait commandé que tous les prêtres fussent égorgés, une loi avait été promulguée qui stipulait que si le roi s'estropiait un membre ou venait à le perdre, tous les gens de sa maison étaient tenus de s'infliger la même mutilation, en conséquence de quoi la personne du roi faisait l'objet d'une vigilance de tous les instants et était réputée de nature divine et sacrée. Aussi les voyageurs ne le virent-ils point.

XXVI

Après la frénésie des parties de chasse, le jour, les nuits étaient de scintillants mystères où brillaient de grandes étoiles adamantines et parmi elles, Sirius brillait comme un soleil blanc. Le frémissement du silence, le silence audible des immenses forêts se déployait autour du campement de la caravane, où les feux s'éteignaient, quoique les braises rougeoyassent encore suffisamment pour tenir les bêtes sauvages à distance, et où les gardes, les conducteurs et les chasseurs étaient plongés dans un profond sommeil. Dans ce mystère, Lucius était heureux. Les lueurs argentées de la nuit paraissaient dissiper les derniers souvenirs de son chagrin, comme des filets de brume qui allaient s'évanouissant.

Les voyageurs étaient arrivés à proximité du pays d'Ofir*. Il était convenu qu'ils rejoindraient les colonnes de Sésostris le lendemain. Lucius, dans cette ultime nuit sylvestre de scintillements, sous des frondaisons semblables à une coupole de diamants surmontant un dôme d'émeraudes et percées par la lueur des étoiles, avait profité du sommeil général pour quitter sa tente. À côté de celle-ci se trouvaient celles de Thrasyllus, de Caleb et de Cora. Il avisa Cora assise devant la sienne, la plus grande, car elle était une femme, cousue de peaux de lynx tachetées, dont la chaleur faisait obstacle à la rosée abondante. Elle se leva, salua en étendant les bras vers le sol, et demeura timidement dans cette position.

« Tu ne dors pas, Cora ? l'interrogea Lucius.

— Non, Maître. Quand les nuits scintillent de la sorte, quand les étoiles envoient de tels rayonnements qu'on dirait vraiment qu'elles vont et viennent, je ne parviens jamais à trouver le sommeil, il faut que je demeure à les contempler jusqu'à ce qu'elles pâlissent.

— La vie dans la forêt est trop sauvage pour toi, trop solitaire...

— La vie dans la forêt est un paradis, Maître. Le jour, Thrasyllus m'instruit de choses intéressantes au sujet des montagnes, des plantes, des animaux et des peuplades sauvages, et c'est ainsi que s'écoulent les heures, jusqu'au moment où vous revenez de la chasse...

— Et où tu chantes pour nous, et danses à la lueur du feu, où tu séduis les rudes chasseurs, en particulier Caleb... »

Elle sourit silencieusement, puis reprit :

« Les nuits sont tellement remplies de mystères étranges, de bruits et de silence, d'étoiles brillantes, et l'on dirait que toutes les nuits Sirius grandit...

— Il ne t'arrive jamais d'avoir peur ?

— Je n'ai pas peur, Maître.

— Pas même pendant la nuit... ?

— Encore moins pendant la nuit, car...

— Car... ?

— Car vous êtes alors de retour, et c'est là où vous êtes que je me sens le plus en sécurité...

— De cette hauteur, là-bas, Cora, on voit la mer. J'aime la mer et elle me manque souvent au milieu de la forêt. Je me réjouis que nous arrivions de nouveau à proximité de la mer... En revenant de la chasse, j'ai aperçu un instant la ligne de la mer. J'aimerais revoir la mer en ce moment, la revoir dans la nuit, avec toutes ces étoiles scintillantes au-dessus d'elle...

— Oui, Maître.

— Viens avec moi... si tu n'as pas peur...

— Je n'ai pas peur, Maître, là où vous êtes... »

Son cœur battait dans sa gorge, mais ce n'était pas de peur.

Ils passèrent devant les gardes endormis et s'éloignèrent des cercles de feu. Comme elle n'était pas loin de trébucher sur les lianes et les pierres, Lucius lui dit :

« Donne-moi la main... »

C'était la première fois que sa main la frôlait. Jamais encore il ne l'avait touchée. Lorsqu'elle sentit autour de sa petite main la chaude robustesse de celle de Lucius, la sienne se mit à trembler comme une colombe captive.

« Pourquoi trembles-tu comme cela ? demanda-t-il.

— Je ne sais pas, Seigneur », balbutia-t-elle.

Il sourit sans ajouter un mot. Ils escaladèrent l'éminence rocheuse. Il l'aidait en continuant de la tenir par la main. Une fois même, pour la soutenir, il passa son bras autour de sa taille fluette, et il sentit à nouveau qu'elle tremblait, comme si elle avait eu de la fièvre. Ils atteignirent le sommet de la large extumescence.

« Regarde, dit-il, avec un geste de la main. Voilà la mer. »

Tous les deux regardèrent. À l'entour s'étendaient les forêts, tout d'ombre, d'épaisseur, d'opacité, d'abandon et de mystère. Du côté d'un des horizons se dévidait la ligne aux couleurs nocturnes de la mer, le Golfe d'Arabie, la Mer Érythrée, ou Mer Rouge.

« La mer... balbutia-t-elle, oui, la mer. Moi aussi, je l'aime. Je la voyais partout autour de moi, à Cos... À moi aussi, Seigneur, elle me manque dans la forêt, autant qu'à vous...

— Nous l'aurons rejointe demain, Cora... Cora, je voudrais que cette nuit, cette ultime nuit... tu danses pour moi... ici, sous la lumière des étoiles...

— Comme il vous plaira, Seigneur », dit l'esclave.

Elle se mit à danser, fredonnant un rythme doux entre ses lèvres entr'ouvertes. Les plis fins de ses habits voltigeaient de part

193

et d'autre, et elle imita avec ses voiles les battements d'aile d'un oiseau. Elle tournoyait sans fin sur l'extumescence, comme une hirondelle qui décrit des cercles dans le ciel.

Alors que Lucius s'approchait, elle s'arrêta de danser.

« Cora, dit-il, demain nous serons à Dire, près des colonnes de Sésostris. En face se trouvent Ebal, Usal et Saba, le pays de Caleb, qu'il a l'intention de regagner une fois qu'il aura fait fortune...

— Oui, Seigneur...

— Cora, si tu aimes réellement Caleb, je te céderai à lui. »

Elle fut saisie de tremblements et se tordit les mains. Puis, elle tomba sur les genoux et se mit à sangloter bruyamment.

« Qu'y a-t-il, Cora... ?

— Seigneur, gardez-moi auprès de vous. Laissez-moi danser et chanter pour vous, laissez-moi vous servir, laissez-moi vous laver les pieds, écrasez-moi, frappez-moi, torturez-moi... mais ne me laissez pas partir. Ne me laissez pas partir ! Gardez-moi ! Gardez-moi auprès de vous ! Je viens de la pension de Dryope, je vous ai coûté une fortune, Seigneur ! Je ne suis pas jolie, mais j'ai une belle voix et je danse avec art, Seigneur. Mais, Seigneur, si vous êtes fatigué de ma voix et de ma danse, je vous laverai les pieds, et s'il vous arrive d'être en colère et de vouloir frapper un esclave, c'est *moi* que vous frapperez et que vous maltraiterez ! Mais gardez-moi, gardez-moi auprès de vous ! »

Tombée devant lui, elle sanglotait et lui baisait les pieds.

C'est alors qu'il dit :

« Cora, tu n'es donc pas éprise de Caleb ?

— Seigneur, dit-elle, si vous m'autorisez une telle hardiesse, c'est de vous que je suis éprise. Je vous ai aimé dès l'instant où Thrasyllus m'a conduite jusqu'à vous ! Et si tel est votre bon plaisir, Seigneur, je ne demande qu'à mourir pour vous... Mais gardez-moi, ne me donnez pas à Caleb !

— Et si mon plaisir, Cora, était non que tu meures pour moi, mais que tu vives pour moi ? Non seulement que tu chantes et danses pour moi, mais que tu te jettes à mon cou, que tu presses ta poitrine contre ma poitrine et tes lèvres contre mes lèvres. »

Le cri qu'elle poussa parut traduire un incroyable bonheur. Il la souleva en souriant, très tendrement, et referma ses bras sur elle.

« Oh ! exulta-t-elle quand les lèvres de Lucius cherchèrent les siennes, Aphrodite ! Aphrodite ! Elle m'a exaucée ! »

Ses mains menues s'aventurèrent à chercher la tête de Lucius, qu'elle prit par les tempes. La solitude de la nuit éthiopienne les entourait. De la forêt montait par bouffées le lourd parfum d'encens des fleurs ; en provenance de la mer, un arôme qu'on eût dit chargé d'épices embaumait l'atmosphère, et les étoiles, décochant des rayons, irradiaient au-dessus d'eux comme des soleils blancs, dans une gloire aveuglante qui n'était autre que Sirius...

XXVII

Le Cap Dire ! Ils avaient rejoint la mer. Là se dressaient les obélisques et les flèches : les colonnes de Sésostris, dont les hiéroglyphes remémoraient la traversée du souverain égyptien du monde qui, neuf ans durant, avait remporté victoire sur victoire, jusqu'en Arabie, jusqu'en Bactriane*, et même jusqu'en Inde. Caleb, tout sourire, s'approcha de Lucius et déclara :

« Excellence, je n'ai pas voulu, afin de vous en réserver la surprise, vous le dire plus tôt, mais ce petit *Diversorium* du Cap Dire, à l'opposé de ma chère patrie, nous appartient, à Ghizla et à moi, et constitue une petite dépendance de notre grande Maison d'Hermès, à Alexandrie. Aussi ne devrez-vous cette nuit dormir dans une tente. Vous jouirez au contraire d'une chambre convenable et d'une couche moelleuse de peaux de bêtes. Car si vous êtes encore contraint de vous passer de vos meubles, de vos précieux ustensiles et de vos objets d'art, et même si cette petite pension pour étrangers n'est rien en comparaison de notre *Diversorium*, elle est néanmoins confortable et propre, et dispose de salles de bains et de cuisines. Nous l'avons construite ici pour l'agrément de toutes les Excellences qui voyagent d'Alexandrie jusqu'aux colonnes de Sésostris ou des colonnes de Sésostris jusqu'à Alexandrie... »

Et Caleb, se dandinant avec une joyeuse élégance sur les pointes de ses bottes rouges, fit aux voyageurs les honneurs de sa pension. Lucius, pour la première fois depuis plusieurs semaines, ne se baigna plus dans un fleuve bouillonnant mais fit usage d'une salle de bains, où ses esclaves le frictionnèrent et le massèrent.

Grimpé sur le promontoire, la main en visière, Caleb parcourait l'horizon et s'étonnait... Il s'étonnait que la quadrirème, avec l'oncle Catullus à son bord, ne fût pas encore arrivée dans le golfe Acathartos et, pire encore, ne fût même pas en vue... Se pouvait-il qu'un malheur fût survenu... ? Il ne fit part de ses appréhensions qu'à Thrasyllus, et tous les deux se mirent à scruter longuement la pointe du Cap Dire, guettant, la main en visière...

Enfin, à la nuit tombante, le grand et gracieux monstre marin parut à l'horizon, la proue dressée comme un cou de cygne, des centaines de fines pattes remuant en cadence, les voiles rose jaune gonflées par la brise et la statue argentée d'Aphrodite rutilant comme sous une gerbe d'étincelles. La longue phrase mélancolique des rameurs, doux accompagnement de leur pénible labeur, mélancolisait sur la mer, relayée par le chant de jubilation des matelots. Alors les voyageurs, tous grimpés sur le promontoire pour attendre le *navigium*, aperçurent les silhouettes de l'oncle Catullus, des intendants Vettius et Rufus, du *magister* et du *gubernator*...

Ils se firent de grands signes de part et d'autre. Cora, la harpe serrée contre sa poitrine, adressa son chant de bienvenue au navire et sa voix retentit, tour à tour exaltation et murmure, emplie de bonheur et d'allégresse. On lança les cordages et le navire fut amarré...

Mais que signifiait cette anxiété qui se lisait sur les visages de tous ceux qui, à bord, s'apprêtaient à franchir la passerelle et à poser le pied sur la jetée ? Pourquoi l'oncle Catullus levait-il les bras et secouait-il la tête, grotesquement épinglé à son voile de voyage ? Que pouvaient bien se dire Vettius et Rufus à grand renfort de gesticulations, et pour quelle raison débarquaient-ils en arborant des mines si marries ?

« Eh bien, Lucius, dit l'oncle Catullus en l'embrassant, tu m'as l'air en pleine forme, mon cher, bronzé et basané comme un Nemrod* : tes bras se sont endurcis, tes yeux brillent, ta bouche arbore un sourire heureux et tu me sembles bien changé depuis que nous avons quitté Baïes. Ah ! mon cher, mon très cher Lucius ! La Fortune est aveugle, le Destin est une énigme et nous, pauvres mortels, sommes les jouets de dieux cruels. Plongés comme nous le sommes dans les plaisirs et les joies, nous ne savons pas ce qui nous pend au-dessus de la tête... et encore moins en voyage, mon cher enfant ; mon cher enfant, encore moins en voyage !

— Mais pourquoi encore moins en voyage ? » demanda Lucius en riant et en l'introduisant à l'intérieur du *Diversorium*. Mais voilà que l'oncle Catullus se mettait à pleurer, tandis que ses esclaves dégrafaient son voile de voyage et le débarrassaient de son manteau de voyage. Vettius et Rufus, eux aussi, avaient un regard si étrange, si sombre, si figé : une menace semblait planer dans l'air.

« Mais, oncle Catullus, dit Lucius, que s'est-il donc passé ?

— Mon cher, mon très cher garçon, se lamentait l'oncle Catullus, vraiment... je ne puis te le dire... »

Il se tordait et pleurait sans discontinuer. Thrasyllus et Cora blêmirent. Vettius et Rufus roulaient de sombres regards.

« Non, répéta l'oncle Catullus, je ne saurais le dire à Lucius... Dis-le lui, Vettius, dis-le-lui, toi...

— Seigneur Catullus, finit par dire Vettius, au désespoir, comment moi, pourrais-je le dire ? Si je le dis, le seigneur Lucius sera courroucé et il me tuera. Mais peut-être Rufus consentira-t-il à le dire...

— Pas moi, pas moi ! s'exclama Rufus, ponctuant son refus d'un geste des deux mains. Par tous les dieux, Vettius, pas moi...

— Moi non plus », gémit l'oncle Catullus en pleurant.

Lucius eut un froncement de sourcils et dit :

« En voilà assez, il faut que je sache à présent, Vettius. Je t'ordonne de dire ce qui s'est passé – car il s'*est* passé quelque chose –, je t'ordonne de le dire et je jure de ne pas te tuer... Cela a-t-il un rapport avec la quadrirème, une mutinerie des rameurs ?

— Pire, Seigneur, gémit Vettius.

— A-t-on volé nos bagages, nos bijoux, notre vaisselle... ?

— Pire, Seigneur, bien pire !

— Notre *insula* de Rome a-t-elle brûlé ? La villa a-t-elle été incendiée ?

— Pire, pire, Seigneur ! s'écrièrent Vettius et Rufus en chœur, se jetant aux pieds de Lucius et lui étreignant les genoux, tandis que l'oncle Catullus se jetait en sanglotant contre la poitrine de Thrasyllus.

— Mais que se passe-t-il à la fin ? Par tous les dieux, parlez ! s'écria Lucius, furieux. Que se passe-t-il ? Parlez, ou je vous fais fouetter jusqu'à ce que vos langues se délient.

— Nous parlerons, Seigneur », s'écrièrent Vettius et Rufus. Puis ce fut au tour de l'oncle Catullus de s'écrier :

« Oui, dites-le-lui, dites-le-lui. Il faut quand même bien que quelqu'un le lui apprenne.

— Sommes-nous seuls, Seigneur ? demanda Vettius d'un ton suppliant. Pas d'esclaves pour écouter aux portes ? Caleb est-il éloigné ? »

Cora ouvrit les portes et inspecta les alentours.

« Il n'y a personne, dit-elle. Je me retire, Seigneur...

— Reste », ordonna Lucius.

Et elle resta.

« À présent parle, ordonna Lucius à Vettius en le relevant.

— Seigneur, dit Vettius, qui s'était de nouveau abîmé aux pieds de Lucius, s'il me faut parler, que ce soit à genoux. Car je n'aurai pas la force de le dire si je dois affronter votre courroux en face.

— Parle ! tonna Lucius.

— Seigneur, finit par dire Vettius – et ce que disant, il étreignait de ses mains les genoux de Lucius sans cesser de les embrasser –, Seigneur, notre gracieux empereur Auguste Tibère est courroucé contre vous, nous en ignorons la raison, et...

— Et... ? cria Lucius.

— Et il a mis la main sur tous vos biens, ô Seigneur, tout ce que vous possédez : toute votre *insula* de Rome, votre villa, vos biens et vos terres, vos chevaux, vos charrettes et vos bêtes, vos esclaves et vos objets d'art, votre bibliothèque et vos bijoux... En outre, il a confisqué toutes les sommes déposées chez vos banquiers et vos changeurs dans différentes villes ! Vous êtes pauvre, Seigneur, vous ne possédez plus que ce que contient votre navire et si, à Alexandrie, je n'étais parvenu à tenir secrète la disgrâce que vous inflige Tibère, en fuyant précipitamment et en tournant en rond dans la Grande Mer et dans le golfe d'Arabie, votre quadrirème aurait subi le même sort à Alexandrie, et vous vous seriez retrouvé sans votre navire, sans vos rameurs, sans vos esclaves, sans un as*, ô Seigneur ! Dès lors, en consacrant tout l'argent qui me restait à soudoyer les autorités de Péluse, j'ai pu emprunter le Canal de Nékao jusqu'à Arsinoé. Nous avons retrouvé l'oncle Catullus à Bérénice et lui avons fait part de l'affreuse nouvelle ! Seigneur, ne me tuez pas et ne vous courroucez pas contre moi, car je suis votre fidèle serviteur et j'ai sauvé ce que j'ai pu ! »

Et Vettius se contorsionnait aux pieds de Lucius en sanglotant, et tous sanglotaient, l'oncle Catullus, Thrasyllus, Rufus et Cora...

Et Caleb, qui avait écouté à la porte, devint très pâle.

Car il restait un long, un très long rouleau de papyrus, sur lequel étaient inscrites les factures en souffrance, pour les grandes parties de chasse dans les forêts éthiopiennes.

XXVIII

Caleb était pâle lorsqu'il parut devant Lucius, qui l'avait fait appeler.

« Caleb, dit Lucius, peut-être sais-tu déjà...

— Je ne sais rien, Excellence, dit Caleb.

— Je suis pauvre, Caleb. L'empereur Tibère a mis la main sur tous mes biens et il n'est même plus certain que je possède la quadrirème.

— Ô Seigneur, ô Seigneur ! se lamenta Caleb, ô pauvre Excellence ! Quel terrible destin s'est abattu sur vous ! Si seulement vous aviez consenti à ne jamais vous séparer de vos amulettes sabéennes ! Ô pauvre, pauvre Excellence ! Qu'allez-vous faire à présent ? Vous qui nagiez dans l'abondance ! Que faire désormais ? Hélas, pauvre, pauvre Excellence, et pauvre, pauvre Caleb ! Car qui désormais, Seigneur, pauvre Excellence, acquittera votre facture ? »

Et Caleb, geignant et se lamentant de plus belle, secouant la tête et pleurant, sortit de sa poche le long, le très long rouleau de papyrus, lequel, s'échappant de ses doigts tremblants, se déroula en spirale jusqu'à terre, comme un serpent qui siffle.

« Nous allons examiner cette facture séance tenante, Caleb, dit Lucius d'un ton encourageant. Fais venir les intendants et Thrasyllus. »

Ces derniers se présentèrent, épluchèrent les comptes et branlèrent la tête, jugeant que le coût des grandes parties de chasse éthiopiennes était horriblement élevé, mais Caleb jura ses grands dieux, arguant de l'affection qu'il portait à Lucius, qu'il s'était montré plus généreux dans ses calculs qu'il ne l'avait fait pour d'autres Excellences.

« Mais il y a bien une solution, Excellence », dit Caleb en tirant Lucius sur le côté.

Et il poursuivit :

« Excellence, si vous me cédez Cora... j'efface toutes les dettes occasionnées par les parties de chasse éthiopiennes.

— Caleb, dit gravement Lucius, je sais que tu es épris de Cora. Mais moi aussi je suis très épris de Cora, et je veux la garder comme ma seule richesse. »

Un lourd sanglot s'éleva d'un coin de la pièce. Lucius avisa, agenouillé et profondément abattu, Tarrar.

« Et moi, Seigneur ? dit Tarrar en sanglotant. Ne me garderez-vous pas comme votre petit esclave, Seigneur ? »

Lucius sourit et posa sa main sur la caboche frisée de Tarrar.

« Et toi, Tarrar, dit Lucius, je ne t'oublie pas et te garde également. Mais pour le reste, Caleb, je me trouve contraint de vendre mon navire, mes esclaves et tout ce qui est demeuré en ma possession. J'ai encore de l'argent, cependant, et ferai l'impossible pour te rembourser intégralement... Mais pour ce qui est de Cora, elle ne figurera pas sur la note.

— Hélas, Seigneur, c'est un jour de malheur et la fin du monde ne saurait être éloignée, même si je vois bleuir la côte de mon cher pays de Saba ! Je suis comme vous, je perds tout : l'espoir d'obtenir Cora qui vous aime comme vous l'aimez... et l'espoir de récupérer mon pauvre argent !

— Allons, Caleb, ne nous lamentons pas. Comptons plutôt ce qui nous reste... »

Les intendants étalèrent des tas de pièces d'or sur une table. La facture de Caleb, quoique son papyrus se déroulât sur le sol avec maintes circonvolutions, fut payée et le compte clôturé, ceci après que les intendants eurent quelque peu ergoté pour faire baisser le prix de certains postes à un Caleb qui, en fin de compte, sut se montrer raisonnable. Lorsque les pièces d'or furent transférées dans la bourse de Caleb, laquelle s'entortilla autour de sa taille telle un lourd serpent, la vie réapparut sur ses traits et il dit :

« Seigneur... Excellence – car vous êtes toujours une Excellence –, écoutez-moi. Je suis affligé de ne pouvoir obtenir Cora. Oui, Seigneur, vraiment très affligé. Mais je suis un compagnon honnête en même temps qu'un homme d'affaires. Écoutez-moi, Seigneur, et que vos intendants et votre fidèle Thrasyllus fassent de même. Écoutez-moi, Seigneur. Vous avez l'intention de vendre la quadrirème et toute sa cargaison. Mais où, Seigneur ? À Alexandrie, la chose n'est pas possible, car tout ce qui est votre propriété y serait aussitôt confisqué. Ici, au Cap Dire, il n'y a hélas que des Macrobiens à l'état sauvage et vous ne trouverez aucune Excellence qui ait les moyens de s'acheter une quadrirème. Écoutez-moi, écoutez-moi, Seigneur. Signez avec tous vos serviteurs, les hommes libres et les témoins, une attestation... ah ! Excellence pour toujours... une attestation, oserais-je le dire... ?

— Parle, Caleb !

— Une attestation spécifiant que la quadrirème, avec les rameurs et tout ce qu'elle contient, m'appartient, et je vous jure par tous les dieux de Saba et d'Égypte, sur la prunelle des yeux de Cora, que j'aime, au nom de l'amitié que moi, ô Seigneur, votre guide et compagnon de chasse, j'ose vous témoigner, je vous jure, ô Seigneur, que je ferai tout ce qui est en mon pouvoir pour vendre la quadrirème à une Excellence et que, une fois mes frais déduits, je vous rendrai honnêtement jusqu'au dernier *triens*.* »

Ainsi parla Caleb. Soulignant son serment par une pose sublime, il se redressa, les mains et les yeux levés vers le ciel, et il attendit.

Vettius et Rufus étaient d'avis que la chose n'allait pas sans risques, mais Lucius déclara :

« Le conseil de Caleb est excellent. Je ne puis en agir autrement. Si je tente de tergiverser, les commettants de Tibère sauront bien me retrouver et me confisqueront le restant de mes biens... Caleb, je ferai comme tu l'as dit. Je signerai l'attestation certifiant que le navire t'appartient, avec les rameurs, les esclaves, les bijoux, la vaisselle très précieuse... »

Caleb restait de marbre. Il avait conservé la pose solennelle et hiératique de son serment, les mains et les yeux levés vers le ciel, et il dit, mot pour mot :

« Je vous sais gré, Seigneur, de votre confiance. Soyez assuré que vous n'aurez pas à le regretter. Et s'il m'arrivait de ne pas rendre les comptes équitables que je vous dois, où que votre exil vous conduise, puisse l'horrible gueule de Typhon, dont la langue est un python et dont les dents sont des flammes rougeoyantes, m'engloutir et me dévorer ! »

Ce terrible serment fit frissonner jusqu'à Caleb lui-même et – chose qui ne lui était jamais arrivée, à lui, le Sabéen libre – il tomba à genoux devant Lucius et il baisa les pieds de cette Excellence sur qui la pauvreté s'était abattue de manière si foudroyante !

XXIX

Près des colonnes de Sésostris, non loin du petit *Diversorium*, se trouvait amarrée, outre la quadrirème, une trirème de la marine marchande qui devait regagner le golfe Persique en passant par Ofir et remonter l'Euphrate jusqu'à Babylone. Lucius demanda à parler au *magister* et dit :

« *Magister*, est-il possible que nous embarquions à bord de votre navire, moi, mon père, ma jeune épouse et mon petit esclave noir ? Je suis sculpteur et dois me rendre à Babylone... »

Joignant le geste à la parole, il désigna Thrasyllus, Cora et Tarrar, qui s'approchaient, portant chacun un baluchon.

« Certainement, dit le *magister*. Mon unique cabine est encore inoccupée. Elle est petite et peut-être inconfortable, mais les gens qui, comme vous, sculptent des statues, si j'ose me permettre, ne doivent pas être coutumiers du luxe, et vous saurez bien vous en accommoder... »

Lucius répondit que si la cabine convenait à sa femme et à son père, lui et son petit esclave se contenteraient d'un petit coin sur le pont ou dans la cale. Il fit signe à sa famille d'approcher et régla la traversée.

Caleb, en effet, lui avait avancé sur la vente de la quadrirème une somme coquette destinée à subvenir aux premiers besoins du voyage et, pour sa part, il s'était mis en route, accompagné d'une suite imposante, pour son doux pays de Saba, non seulement avec l'intention de noyer ses peines de cœur dans les plaisirs de l'*Arabia Felix*, mais aussi de revendre à Mariaba, la capitale, une grande partie des esclaves, des bijoux, des objets d'art et des meubles de Lucius, car la prudence imposait de s'acquitter de cette mission dans les plus brefs délais. La vente du grand navire occasionnerait à elle seule suffisamment de difficultés.

L'oncle Catullus était resté à bord de la quadrirème. Il ne voulait pas être un fardeau pour son pauvre neveu Lucius. Il était parvenu, à force de patience, à se constituer un modeste capital en accumulant les pièces d'or que les doigts de Lucius avaient occasionnellement laissé échapper. Il regagnerait Alexandrie à bord du navire et, une fois celui-ci vendu, passerait ses vieux jours dans la cité des cordons bleus, dans une petite chambre de la Maison d'Hermès. Il avait donc fait des adieux larmoyants à Lucius, à Thrasyllus et à Cora. À cette dernière, il avait dit :

« Chère Cora… Juste au moment où tu allais m'appeler *mon oncle*, il nous faut nous séparer, et peut-être pour toujours. Ah ! L'Égypte… c'est mon arrêt de mort ! Sans contredit, l'Égypte m'achèvera ! Car, hélas, je ne reverrai plus Rome, pauvre exilé que je suis, tout cela parce que Tibère – puisse-t-il périr de mille morts, celui-là ! – me dépouillerait des quelques sous qu'il me reste, comme il l'a fait pour les trésors de Lucius ! »

Le navire marchand se mit à glisser sur une mer étale. Les voyageurs, sur le pont, firent de grands signes à l'oncle Catullus qui, sur le gaillard d'avant de la quadrirème, agita la main à son tour. C'étaient des adieux à tout jamais. Le *magister*, curieux, demanda :

« Ce seigneur que vous saluez est-il le propriétaire de ce splendide vaisseau ?

— Oui, *Magister*, mentit Lucius, c'est mon oncle. Un jour, j'hériterai de lui !

— Dans ce cas, vous seriez bien inspiré de lui manifester force égards, dit le *magister* d'un ton très respectueux. Fichtre ! Ce n'est pas rien ! Quel noble navire ! Quelle superbe quadrirème ! Mais dites-moi, Seigneur, poursuivit le *magister*, décidément très curieux, pourquoi ne restez-vous pas plutôt auprès de votre oncle ?

— Parce qu'il n'est pas séant, *Magister*, que des parents pauvres soient toujours suspendus aux basques de parents riches. Autrement, vous les ennuyez et ils finissent par vous laisser sur la paille. Voilà pourquoi, *Magister*, dit Lucius en serrant Cora, qui se tenait à ses côtés contre lui, après avoir admiré l'Égypte aux frais de mon oncle fortuné, je rentre à Babylone avec mon père, ma femme et mon petit esclave afin, en traversant l'Assyrie et l'Asie Mineure, de regagner Cos, où est née ma femme et où je souhaite m'établir comme sculpteur. »

Le *magister* trouva la chose toute naturelle. Et comme une forte brise se levait, annonciatrice des premières bourrasques d'automne, Lucius, heureux, ravi et rayonnant de santé, conduisit Cora jusqu'à sa cabine, devant laquelle Tarrar s'accroupit, tel un petit singe fidèle et bouffon à la fois, et où Thrasyllus rangea soigneusement les cartes, les livres et les récits qu'il avait consultés tout au long de leur

VOYAGE AU CENTRE DE L'ANTIQUITÉ.

POST-SCRIPTUM

Caleb de Mariaba (Saba), copropriétaire du Grand Diversorium, *ou Maison d'Hermès, d'Alexandrie, près la porte Canopique, à son Excellence pour toujours (Publius Sabinus) Lucius, sculpteur à Cos,*
 écrit à Alexandrie, la deuxième heure du quatorzième jour du mois de Phaophi*, en la neuvième année de grâce du règne de notre bien-aimé empereur Tibère Auguste.

Excellence pour toujours, salut !

Il est agréable à votre serviteur, Caleb de Mariaba, de vous informer par la présente, confiée aux bons soins d'Alexandros d'Alexandrie, *magister* de la trirème de la marine marchande, le *Bérénice*, que, grâce aux faveurs d'une Fortune bienveillante, je suis parvenu à vendre à Arsinoé (voir ci-dessous l'heure, le jour et le mois) la quadrirème de grand prix, l'*Aphrodite* – navire de plaisance –, antécédemment votre bien, Excellence, transmis en mienne propriété au Cap Dire, près les colonnes de Sésostris, avant le passage du Canal de Nékao (lequel passage eût vraisemblablement donné lieu à des difficultés d'ordre juridique) pour la somme (selon moi, votre humble serviteur, ami, guide et compagnon de chasse) particulièrement avantageuse (au vu de toutes les circonstances) de (déduction faite des frais et commissions me revenant de droit) 200.000 (deux cent mille) sesterces, somme établie selon le cours romain, ceci en paiement, outre de la quadrirème princière l'*Aphrodite*, de trois cents rameurs (esclaves), ainsi que de tout l'équipement nécessaire, et absolument complet, de même que des meubles, tapis, pièces de vaisselle et objets d'art de valeur, qui, selon toute probabilité, eussent rapporté d'importantes sommes, n'eût été l'impossibilité d'une vente au détail, laquelle eût fait peser sur nous la menace d'une saisie au nom de notre bien-aimé empereur Tibère Auguste et, partant, eût soulevé maintes difficultés en la présente conjoncture.

En vertu de quoi, moi, Caleb de Mariaba, propriétaire attesté de la quadrirème princière l'*Aphrodite*, agissant et opérant pour mon propre compte, j'ai pu conclure la vente de ce superbe navire de plaisance en faveur de son Excellence Baäbab, satrape perse, résidant à Suse.

En exprimant le souhait – noble Seigneur Lucius, compagnon de chasse et ami ! – de pouvoir continuer à agir pour le plus grand bénéfice de Votre Excellence, je me propose, ceci afin de limiter tant que faire se peut les risques de naufrage, de piraterie ou de tout autre accident fatal (de ceux que les puissances courroucées du destin font sans cesse pendre au-dessus de nos têtes), de vous faire parvenir à intervalles réguliers, par l'intermédiaire de tout *magister* de la marine marchande digne de confiance et personnellement connu de moi assurant la liaison entre Alexandrie et l'Archipel, une petite somme en statères d'or ou en lingots d'or, accompagnée d'une note justificative, de sorte que vous soyez à même, Excellence, de rentrer dans les plus brefs délais en possession de votre entier capital.

Je vous envoie par la même occasion, en souvenir de votre navire bellissime, quelques meubles et objets précieux (frauduleusement détournés), au nombre desquels deux lits de bronze, une table en citronnier, un tapis babylonien, des couvertures éthiopiennes en plumes d'autruche, la statue en argent d'Aphrodite, patronne de votre *navigium*, et quelques petites choses de moindre valeur, tant du point de vue du goût que du confort.

Je profite de l'occasion, Excellence, très cher ami et robuste compagnon de chasse, pour vous informer que, séjournant provisoirement dans ma chère patrie, Saba, j'ai acheté une esclave de toute beauté, grecque comme Cora, et se distinguant par de nombreux talents, à laquelle, afin de l'attacher plus sûrement à mon affection, j'ai offert des patentes de manumission à Mariaba, et que j'ai épousée, mais que je laisserai toutefois ici, dans cette maison – où j'espère un jour, après avoir fait fortune, couler des jours heureux – par crainte que mon frère Ghizla (selon les coutumes de notre pays) ne fasse valoir des droits sur elle. J'espère pouvoir lui rendre visite chaque fois que guider des Excellences me mènera jusqu'aux colonnes de Sésostris, qui ne sont, pour ainsi dire, qu'à un jet de pierre de mon cher pays.

Souhaitant pour vous, Altesse, ami et compagnon de chasse, la bénédiction des dieux, ainsi que pour votre maison, votre nouvelle occupation, votre famille, votre épouse et vos serviteurs, le docte Thrasyllus et le fidèle Tarrar, et appelant de mes vœux un toujours possible revirement de Fortune, je m'incline devant vous en toutes humilité et amitié, une main sur le cœur, une main sur les lèvres.

Votre serviteur, guide, ami et compagnon de chasse toujours soumis.

Caleb de Mariaba (Saba), copropriétaire du grand *Diversorium*, ou Maison d'Hermès, à Alexandrie, près la porte Canopique

Notes

p. 5

Hortator : chef des rameurs.

Cycniforme : qui évoque les allures d'un cygne.

p. 9

Baïes : station balnéaire de l'Antiquité romaine, en Campanie.

p. 12

Silène : satyre de la mythologie grecque personnifiant l'ivresse.

Cos (ou : *Kos*) : île grecque de l'archipel du Dodécanèse, en mer Égée.

Gubernator : timonier.

p. 15

Ganymède : Dans la mythologie grecque, Ganymède était réputé le plus bel adolescent sur terre, et les dieux l'élurent pour être l'échanson de Zeus.

p. 19

Emporium : place de commerce.

p. 20

Césaréum : sanctuaire d'Alexandrie, commencé par Cléopâtre VII en l'honneur de Marc Antoine et terminé par Auguste, qui en fit un temple dédié au culte de Jules César divinisé.

Rostres : emplacement orné de colonnes portant les éperons pris aux navires ennemis.

Liburne : navire de guerre léger à deux rangs de rames.

Pilote lamaneur : pilote chargé du pilotage des navires, entre autres à l'entrée et à la sortie des ports.

p. 21

Magister : commandant de navire.

p. 22

Insula : maison isolée, ou îlot de maisons.

Satrape : gouverneur d'une province dans l'Empire perse.

p. 30

Tendelet : sorte de tente montée à l'arrière d'une embarcation.

Palestre : lieu public où l'on s'exerçait à la lutte et à la gymnastique.

p. 32

Exèdre : salle de conversation munie de sièges.

p. 33

Bruchium : quartier d'Alexandrie.

Pschent : double couronne des pharaons, symbole de leur souveraineté.

p. 35

Byssus : tissu de lin très fin et très estimé.

p. 39

Velum : grande pièce d'étoffe servant à tamiser la lumière ou à couvrir un espace sans toiture.

p. 41

Silphium : plante vivace à grandes feuilles, à fleurs jaunes, et ayant servi de condiment dans l'Antiquité.

p. 45

Artémidore : Il s'agit d'Artémidore d'Éphèse, géographe du Ier siècle avant Jésus-Christ.

Hypsicrate : historien grec du Ier siècle avant Jésus-Christ, dont les écrits, quoique n'ayant pas survécu, ont pu inspirer Strabon.

Strabon : géographe grec (64 avant Jésus-Christ – entre 21 et 25 après Jésus Christ). Auteur d'une monumentale *Géographie*, dont le XVIIe tome est consacré à l'Égypte et à la Libye, duquel Couperus s'inspire directement dans plusieurs passages de son roman.

p. 46

Sardonyx : agate blanche et orangée.

p. 47

Stola : robe des dames romaines.

p. 50

Sérapeum : temple dédié au culte de Sérapis et aux sépultures des taureaux sacrés, incarnations du dieu Apis.

p. 52

Crotale : cliquette employée dans le culte de Cybèle et pour accompagner la danse.

Byblos : ville du Liban.

p. 53

Tanagra : ancienne cité grecque de Béotie ; le nom désigne également une statuette de terre cuite.

p. 54

La Sorcière d'Endor : Dans la Bible hébraïque, la Sorcière d'Endor, ou pythonisse d'Endor, mentionnée dans le premier livre de Samuel, chapitre 28, 3–25, est une femme « qui possède un talisman », avec lequel elle appelle le fantôme du prophète Samuel récemment décédé, à la demande de Saül, roi d'Israël.

Hécube : épouse de Priam et reine de Troie.

Pâris : fils cadet du roi Priam et d'Hécube. Alors que cette dernière était enceinte, un présage lui annonça que le futur prince qu'elle portait causerait la destruction de Troie. Priam ordonna que l'enfant soit mis à mort. Il fut ainsi abandonné sur le mont Ida, où il serait toutefois recueilli par des bergers.

p. 70

Thalamège : large barque fluviale propre à l'Égypte, confortablement aménagée de cabines pour les parties de campagne ou les voyages de luxe.

p. 73

Les Érotes : dans la mythologie grecque, compagnons de la déesse Aphrodite.

p. 75

Propylée : vestibule d'un temple.

p. 81

Hiérodule : esclave attaché au service d'un temple.

p. 84

Mais elle ne trouva point celle qui devait la féconder. Amphris, à moins qu'il ne s'agisse de Couperus parlant par sa bouche, contredit ici le mythe, dans lequel Isis est bel et bien fécondée par Osiris. *« Ces retrouvailles entre Isis et Osiris, l'union qui en résulta, la semence que ce dernier, qui était mort, déposa en elle qui l'avait ranimé firent trembler la terre et le ciel. La foudre fouetta la nuit, les dieux eux-mêmes prirent peur. Isis, esseulée, se cacha, mais elle exultait : l'enfant qu'elle portait en son sein, celui de son frère Osiris, régnerait à son tour sur ce pays qui devait tant à ce grand dieu injustement assassiné.* » (GUILHOU, Nathalie & PEYRÉ, Janice : *La mythologie égyptienne*, Marabout, 2005, p.87)

p. 87

Canope : vase en terre, poreux, dont le couvercle représentait souvent une figure humaine.

p. 89

Calame : roseau dont les anciens se servaient pour écrire.

Ofir : Le texte de la Bible (Rois 1, 10, 1-13) veut que la reine de Saba se soit rendue à la cour du roi Salomon, lui apportant de nombreux présents en provenance d'Ofir, afin d'éprouver sa sagesse par des énigmes. Il trouva les réponses à toutes ses questions, et l'impressionna fortement.

p. 90

Larimnum : parfum d'aloès.

p. 106

Emblaves : Terres récemment ensemencées.

Nome : division administrative de l'Égypte ancienne.

p. 115

Psammétique : Psammétique Ier (-664 - -610)

Dodécarchie : nom donné au gouvernement des douze rois qui auraient régné aux alentours des années -670/-660. Elle n'aurait duré qu'à peu près dix-huit ans.

Séthos : pharaon et prêtre d'Héphaïstos, décrit par Hérodote dans ses *Histoires* (livre II, 41).

Latone : mère d'Apollon et de Diane, maîtresse de Jupiter, condamnée à une fuite sans répit par sa rivale Junon. (Ovide, *Métamorphoses*, Livre VI)

p. 116

Epiphi : dans l'Égypte antique, onzième mois du calendrier nilotique (basé sur la crue du Nil), correspondant à mai-juin.

p. 118

Mnévis : nom grec du taureau sacré d'Égypte antique, incarnation terrestre du dieu Rê.

p. 120

Hermès Trismégiste : personnage mythique de l'Antiquité gréco-égyptienne, auquel est attribué un ensemble de textes dits *hermétiques*, dont les plus connus forment le *Corpus Hermecticum*, recueil de traités mysticophilosophiques, dont se réclament, entre autres, les alchimistes.

Oniromancien : celui qui pratique la divination par les songes.

Cambyse : grand roi de l'Empire perse de -529 à sa mort, en -522, connu pour avoir conquis l'Égypte et y avoir régné en pharaon. (Voir Hérodote, *Histoires*, Livre II, 1)

p. 123

Héra : Dans la religion grecque antique, Héra est la sœur et l'épouse de Zeus.

p. 127

Cestreus : c'est-à-dire le mulet, poisson à chair blanche et ferme, assez estimée. (Voir Strabon, *Géographie*, Livre XVII, 2, 4)

p. 133

Mélographe : celui, celle qui copie ou écrit de la musique.

p. 138

Chevalier : à Rome, membre de l'ordre équestre, intermédiaire entre les patriciens et les plébéiens.

p. 143

Safnath-Panéa : surnom donné à Joseph, interprète de ses rêves, par le Pharaon. Voir *Genèse* 41, 45 : *« Le Pharaon dit encore à Joseph : 'Je suis et je reste le Pharaon ! Néanmoins dans toute l'Égypte, personne ne bougera le petit doigt sans mon autorisation.' Enfin il donna à Joseph le nom égyptien de Safnath-Panéa, et lui accorda comme femme Asnath, fille du prêtre Potiféra, de la ville d'On. »* (Traduction : Alliance biblique universelle)

On : Héliopolis est la cité d'On mentionnée dans la Genèse (voir note précédente).

p. 148

Cyamos : nénuphar rose.

Troia : ville d'Égypte, selon Étienne le géographe. *« Strabon* [voir la suite de cette note] *ne lui donne que le titre de village, & le place au voisinage du mont Troicus ; il dit que c'étoit l'ancienne habitation des Troyens, qui suivirent Menelaüs dans la captivité, & qui s'établirent dans ce lieu. »* (LA MARTINIÈRE, Antoine Auguste Bruzen de : *Le grand dictionnaire géographique, historique et critique*, Paris, Les Libraires Associés, 1768) Les traductions modernes donnent à Troia le nom de Troie (solution que je n'ai pas adoptée). *« J'ai dit ailleurs que dans les environs de la carrière d'où furent extraites les pierres qui servirent à la construction des pyramides, carrière qui est située en vue des pyramides, de l'autre côté du fleuve, en Arabie* [c'est-à-dire, pour Strabon, à l'est], *s'élève une montagne toute de rocaille appelée « montagne de Troie », et il existe au pied de celle-ci des cavernes ainsi que, non loin d'elles et du fleuve, un village nommé Troie, où, jadis, des prisonniers troyens qui suivaient Ménélas s'installèrent. »* (Strabon, *Géographie*, Livre XVII, 1, 34) Le nom actuel de cette localité, connue pour avoir fourni aux pharaons de l'Ancien et du Moyen Empire les pierres de calcaire fin destinées à l'érection de leurs monuments funéraires, est Toura(h).

Ménélas : mari d'Hélène, frère d'Agamemnon ; un des héros de la guerre de Troie.

p. 154

Émouchette : caparaçon fait d'un réseau de cordelettes pendantes, servant à protéger l'animal qui en est couvert contre les insectes.

p. 157

Parætonium : ville de Libye, proche d'Alexandrie.

p. 162

Attacus atlas : papillon de grande taille.

Tabard : manteau court et ample.

p. 170

Acanthos : de son nom complet *Acanthôn polis du nome Memphite*, situé sur la rive ouest du Nil, c'est-à-dire en Libye. (Voir Strabon, *Géographie*, Livre XVII, 1, 35)

Ce don du Nil : voir Hérodote, *Histoires*, Livre II, 5.

p. 172

Stade : Le stade, unité de mesure grecque, peut recouvrir des valeurs diverses, allant selon les circonstances de 157 à 222 mètres.

Amenemhat : en l'occurrence Amenemhat III, pharaon de la XIIᵉ dynastie, concepteur à Hawara d'un complexe architectural de grande envergure, dont le temple funéraire a été considéré par les auteurs classiques comme le prototype des labyrinthes.

Cryptes : Il s'agit ici de couloirs occultés dans la maçonnerie (*kryptai*).

p. 174

Ichneumon : « *(…) les* ichneumons *détruisent non seulement les œufs des aspics, mais encore les aspics eux-mêmes, en se vêtant d'une sorte de cuirasse de boue : ils se roulent d'abord dans la boue, puis se sèchent au soleil et alors, saisissant les aspics par la tête ou par la queue, ils les entraînent dans la rivière et les tuent.* » (Strabon, *Géographie*, Livre XVII, 1, 39)

Les poissons du même nom : en l'occurrence la raie oxyrhynque, communément appelée alène.

Alabastrite : variété de gypse ou sulfate de calcium naturel, appelée aussi albâtre gypseux.

p. 175

Memnonion : « *En amont de cette ville [Ptolémaïs] s'étend Abydos, où se trouve le Memnonion, un édifice royal d'une merveilleuse ordonnance, fait en pierre de taille, et d'un dessin identique à celui que j'ai décrit à propos du Labyrinthe, bien que moins complexe.* » (Strabon, *Géographie*, Livre XVII, 1, 42)

Homère : « *Même s'il me donnait dix ou vingt fois plus*
Que ce qu'il possède à présent et que ce qu'il pourrait avoir,
Tout ce qui entre à Orchomène, ou encore à Thèbes
D'Égypte, où les maisons regorgent de richesse,
La ville aux cent portes ; par chacune deux cents
Hommes passent avec chevaux et chars ;
Même s'il me donnait autant qu'il existe de sable et de poussière,
Il ne persuaderait pas mon cœur, Agamemnon,
Avant d'avoir effacé l'horrible outrage. »
(HOMÈRE, *Iliade*, IX, 379-387, traduction de Jean-Louis Backès)

p. 178

Pallade : « *À Zeus qu'ils [les prêtres de Thèbes] honorent le plus, ils vouent une vierge d'une très grande beauté et d'une famille illustre (les Grecs les nomment des « filles », « Pallades ») ; celle-ci se prostitue et s'unit à qui bon lui semble, jusqu'à sa première purgation menstruelle. Après cette purgation, elle est donnée en mariage à un homme ; mais avant de la marier, à l'expiration de son temps de prostitution, on célèbre pour elle un rite de deuil.* » (Strabon, *Géographie*, Livre XVII, 1, 46)

Diospolis : autre nom de Thèbes

p. 180

Péluse : aujourd'hui Port-Saïd.

p. 183

Syène : aujourd'hui Assouan.

p. 184

Pactôn : « *Le pactôn est une petite embarcation formée de baguettes, et de ce fait ressemble à un ouvrage tressé.* » (Strabon, *Géographie*, Livre XVII, 1, 50)

Une mer sans fond : Thrasyllus exagère le poids de l'affirmation d'Hérodote qui, plus nuancé, se contente de citer un témoignage sujet à caution, comme le montre l'extrait auquel il est fait référence. « *Sur les sources du Nil, aucun des Égyptiens, des Libyens ou des Grecs avec qui je me suis entretenu ne s'est targué d'être renseigné, sinon le scribe du trésor sacré d'Athéna à Saïs en Égypte. Mais il m'a eu tout l'air de plaisanter, en prétendant être renseigné avec exactitude. Voici ce qu'il en disait : il y aurait entre Syène, ville de la Thébaïde, et Éléphantine, deux montagnes dont les cimes se termineraient en pointes ; ces montagnes s'appelleraient l'une Crophi, l'autre Mophi ; les sources du Nil, qui seraient au fond d'abîmes, jailliraient d'entre ces montagnes ; la moitié de l'eau coulerait vers l'Égypte et le vent du Nord, l'autre moitié vers l'Éthiopie et le vent du midi. Que ces sources soient des abîmes, le roi d'Égypte Psammétique, disait-il, en aurait fait l'épreuve ; il aurait fait tresser un câble long de plusieurs milliers d'orgyes et l'aurait fait jeter dedans sans atteindre le fond. Si ce que disait ce scribe est véritable, ce qui en ressort, autant que je comprenne, c'est qu'il y a en cet endroit, l'eau se brisant contre les rochers, de violents tourbillons et des remous, et que, conséquemment, une sonde qu'on y jette ne peut aller au fond.* » (Hérodote, *Histoires*, Livre II, 28) Sans doute Thrasyllus se fait-il l'écho de Strabon, (injustement ?) critique à l'endroit d'Hérodote. « *Hérodote et d'autres historiens débitent de nombreuses sornettes, ajoutant le merveilleux à leurs récits afin de leur donner comme une musique, un rythme et du piment ; ainsi, par exemple, lorsqu'ils prétendent que les sources du Nil sont proches des nombreuses îles qui se trouvent aux abords de Syène et d'Éléphantine, et qu'à cet endroit le lit du fleuve a une profondeur sans fond.* » (Strabon, *Géographie*, Livre XVII, 1, 52)

p. 187

Dryade : nymphe des forêts, associée au chêne.

p. 188

Cynamologiens : Les Cynamologiens sont une peuplade éthiopienne.

Barbare : *« Les Égyptiens appellent Barbares tous ceux qui n'ont pas la même langue qu'eux-mêmes. »* (Hérodote, *Histoires*, Livre II, 158)

p. 189

Persea : *« (…) le persea qui ne se trouve qu'ici en Éthiopie, arbre de haute taille, aux fruits gros et d'une saveur douce »* (Strabon, *Géographie*, Livre XVII, 2, 4) ; probablement l'arbre des rituels pharaoniques.

Psebô : grand lac en amont de Méroé. (Voir Strabon, *Géographie*, Livre XVII, 2, 3)

p. 191

Ofir : Mentionné dans la Bible, Rois I, 9 : 26-28. *« Le roi Salomon fit construire des bateaux à Ession-Guéber, près d'Élath, un port sur la mer des Roseaux dans le pays d'Édom. Le roi Hiram envoya à Salomon les marins phéniciens expérimentés pour accompagner les siens. Tous ces marins se rendirent alors ensemble dans le pays d'Ofir, d'où ils rapportèrent plus de douze tonnes d'or pour le roi Salomon. »* (Traduction : Alliance biblique universelle)

p. 197

Bactriane : région aujourd'hui à cheval sur les États d'Afghanistan, du Tadjikistan et de l'Ouzbékistan.

p. 198

Nemrod : dans la Bible, petit-fils de Cham. Par extension : personne qui aime la chasse.

p. 201

As : pièce de monnaie romaine en cuivre.

p. 205

Triens : le tiers d'un as (voir note précédente).

p. 211

Paophi : extrapolation, car le mois mentionné par Couperus n'a pu être trouvé. Dans l'Égypte antique, second mois du calendrier nilotique, correspondant à août-septembre

Sources

BOGAERTS, Theo : *De antieke wereld van Louis Couperus*, Amsterdam, Athenæum – Polak & Van Gennep, 1969

BONARDEL, Françoise : *La Voie hermétique – Introduction à la philosophie d'Hermès*, Paris, Dervy, 2011

GUILHOU, Nathalie & PEYRÉ, Janice : *La mythologie égyptienne*, Marabout, 2005

HÉRODOTE : *Histoires, Livre II – L'Égypte* (traduit par Philippe-Ernest Legrand), Paris, Les Belles Lettres, 2010

HOMÈRE, *Iliade* (traduit par Jean-Louis Backès), Paris, Gallimard, 2013

KLEIN, Maarten : *Couperus en het* Corpus Hermeticum, Nimègue, Tekstbureau Accent, 1997

KRALT, P. : *Naar aanleiding van 'Antiek Toerisme' – De geschreven receptie van een roman*, in : *Arabesken*, 10, n°2, décembre 2002, pp.4-11

LA MARTINIÈRE, Antoine Auguste Bruzen de : *Le grand dictionnaire géographique, historique et critique*, Paris, Les Libraires Associés, 1768

STRABON, *Géographie – Livre XVII (Le voyage en Égypte)* (traduit par Pascal Charvet), Paris, Nil, 1997

THOMAS, Henri : *Préface*, in : FLAUBERT, Gustave : *Salammbô*, Paris, Gallimard, 1970 collection Folio, n° 608

La Bible expliquée (Traduction : Alliance biblique universelle), Villiers-le-Bel, Société biblique française, 2004

Remerciements

J'adresse ici toute ma gratitude à mes fidèles relecteurs des Éditions Martagon : Patrick Godefroid, Anne-Marie Lamodière et Marc Ronvaux, de même qu'aux étudiants de l'Institut Libre Marie Haps de Bruxelles qui, à l'occasion d'un séminaire, ont travaillé avec moi sur les premières pages de cette traduction : Tom Klarfeld et David Fadeur.

Je remercie particulièrement le Comité de Recherche de l'Institut Marie Haps de m'avoir consenti, une année durant, une réduction de ma charge horaire dans le cadre de ce projet.